엘리트 시선 31

운문의 사계

윤석단 제2시집

엘리트출판사

이 도서의 국립중앙도서관 출판예정도서목록(CIP)은
서지정보유통지원시스템 홈페이지(http://seoji.nl.go.kr)와
국가자료종합목록 구축시스템(http://kolis-net.nl.go.kr)에서 이용하실 수
있습니다. (CIP제어번호 : CIP2019036143)

운문의 사계

윤석단 제2시집

엘리트출판사

산수(傘壽)를 맞이하여

글을 쓴다는 것이 언제나 조심스럽고 떨린다. 글을 씀으로써 삶에 대한 진지한 의미와 생각을 성찰(省察)할 수 있었습니다. 그동안 조금씩 쓴 글을 모아 청계문예대학과 성북문창반에서 열심히 갈고닦아 또 한 권의 시집을 탄생시키려 합니다.

그런데 내가 건강이 좀 좋지 않아서 글쓰기가 무척 힘이 들었으나, 그래도 온 힘을 다해서 써 보기로 했습니다. 왜냐하면 올해가 나의 산수(傘壽), 즉 팔순을 맞이하여 책을 한 번 더 내고 싶은 욕망에서 무리를 하여 미숙하지만, 용기를 내어 봅니다.

글쓰기란 여간 힘들지 않았고 생각도 자꾸 흐려지는 것 같아 시와 수필을 같이 내어 보기로 작정하고 구상을 하여 그동안 쓴 글을 모두 찾아 모아 보니 한 권은 될 것 같아 이렇게 작품집을 만들어 봅니다. 이 모든 것을 감싸고 맑은 영혼을 바탕으로 순수한 감성을 글로 표현하고자 노력했습니다.

특히, 원로 시인 이성교 교수님께 깊이 감사드리며 작품마다 세심하게 신경써주신 청계문학 장현경 평론가님께 감사의 인사 말씀 드립니다. 아울러 엘리트 출판사 마영임 편집국장님과 회원 여러분의 도움으로 소중한 한 권의 책을 내게 되었습니다.

항상 가까이서 지도해주신 귀한 분들과 한결같은 애정으로 힘이 되어주신 사랑하는 가족과 친척에게도 고마운 마음 전하며, 존경하는 독자님들께 축복(祝福)이 늘 함께하시기를 기원합니다.

2019년 초가을에
청림(青林) 윤 석 단

엄마, 사랑해요

팔순을 맞이하여 그동안 써오신 시와 수필들을 묶어 두 번째 책을 출판하게 되심을 축하드립니다.

교통사고로 허리를 다치셔서 병원에 입원하시고 거동이 불편하신 와중에도 책과 글을 손에서 놓지 않으시고 글을 써 오셨습니다. 엄마의 삶을 지탱해준 이유가 창작이라고 생각합니다. 그래서인지 두 번째 책은 이전보다 훨씬 더 열정이 넘치시고 진솔하며 시에 대한 애정이 느껴져요. 더 깊이 있고 자세하고 세심하게 표현하고 있어서 엄마의 내면을 좀 더 깊이 알게 되었어요.

엄마의 글을 통해서 우리 가족이 살아온 모습을 되돌아볼 수 있고 함께한 기억과 추억을 공유할 수 있게 되어서 더 의미 있는 것 같아요. 어머니께서는 궂은 환경에도 저희 세

남매를 바르게 자랄 수 있도록 길러 주시고 어려운 고비마다 용기를 잃지 않고 다시 일어설 수 있도록 늘 힘이 되어 주셨어요.

인생의 멘토이신 어머니를 보면서 저희 남매들도 삶의 의지와 열정을 배우겠습니다.

엄마, 두 번째 작품집 출간을 진심으로 축하드려요. 사랑해요.

– 첫째 딸 류인영

자랑스러운 어머니, 감사합니다

2001년에 결혼하여 가락동에서 신혼살림을 시작했던 저는 2002년 어머니와 합가하여 지금 어머니가 계신 집으로 들어와서 딸 영선이와 아들 희상이를 낳아 7년을 함께 살았습니다.

그때 어머니는 대학교수로 계시면서 많은 이야기를 들려주셨습니다. 어린 시절 6·25를 겪었던 이야기와 지금까지 살아오신 이야기를 많이 해주셨습니다. 어머니는 안동 하회마을 하회 류씨(양진당) 집으로 시집을 오시어 고생은 하셨지만, 뿌듯한 양반집의 귀중품을 느낄 만큼 자랑스러웠다고 하였습니다. 삼 남매를 키우면서 직장생활을 하기는 쉬운 일이 아니었습니다.

여러 가지 예의범절과 맛 갈 난 이야기를 아이들에게 해

주시면서 생활하다가 목동으로 살림이 나서 아이들은 중학교 2학년과 고등학교 2학년이 되었습니다. 어머니는 항상 책과 연필을 손에서 놓지 않으시며 언제나 우리에게 길잡이가 되어 주셨습니다.

처음 시집을 발간할 때는 그런가 보다 했는데, 지금 두 번째 시와 수필을 출간하신다니 정말 놀랍고 자랑스럽습니다. 그래서인지 우리 아이들은 흐뭇해합니다. 어머니, 감사합니다. 두 번째 책을 출간하시는 어머님의 모습 본받아 열심히 살겠습니다. 자랑스러운 어머니, 감사합니다.

– 며느리 김장희

차례 ·· 윤석단 제2시집

제1부 봄맞이 가자

제2부 구름이 지나가며

제3부 청잣빛 고운 하늘

제4부 그리운 가슴 안고

제5부 다 그렇게 사는 거야

제6부 붉은 해가 솟아

제7부 아름다운 내 고향의 추억(수필)

제8부 내가 겪은 6·25(수필)

3월에는

3월에는 3월의 꽃이 되고 싶다
좋은 향기 나는 화사한 꽃

나를 보고 불어오는 바람에
멋진 미소로 안부도 전하고

안부에 향기 나는 여유를 담아
꽃을 심어볼 마음도 가져 보네

꽃을 보는 사람마다
가슴에 행복이 담기는 꽃

모두에게
아름다운 꽃이 되고 싶다.

제1부

봄맞이 가자

봄바람이 내 마음 두드릴 때
연두색 바람과 산천의 아름다운 색상이
내 눈을 흐리게 했다

봄에는

서리와 눈 맞으며
잠에서 깨어나니 3월이네

세상에서 가장 아름다운
꽃이 되어
환히 웃으며 사랑하는 임 만나
세상 구경하며 놀고 싶어

꽃길을 걸으며 바람 따라 거닐고
바람이 부는 대로
반기며 날아가
뽐내는 향긋한 향기

얼었던 땅속 파릇한 새싹들에
향기 불어 넣어
예쁜 꽃 내가 왔노라고
문 두드려 보자.

봄의 유혹

봄바람 살랑
내 마음 흔들어 놓고
꽃향기 활활
짙은 향기 풍기네

벌 나비 날아와
꽃과 함께 나를 유혹하고
봄노래 부르니
어찌 내 마음 흔들리지
않으리오.

봉선화꽃

친구가 보내준 봉선화꽃
냉동기 속에서 나를 기다린다
여름 내내 키운 봉선화를 따서
비닐로 예쁘게 싸서
우편으로 보내왔네

어릴 때 어머니가 손톱에 감아주시던 생각에
눈시울이 뜨거워지는 것 같아
나도 한번 손끝에 감아본다

손님이 찾아와 미룬 것을
깜박 잊어버렸네
이를 어쩌나, 아까워라!

보고 싶은 마음

보고 싶은 마음 그림자에 어리어
중랑천 산책을 나선다

마주 보고 있어도
말없이 흐르는 강물
어디로 가는지 묵묵히 흐르는데

그리운 이름 조용히 불러보면
가슴에 바람만 지나간다

따뜻한 체온을 가진 너를 사랑하는지
말없이 흐르는 강물을 사랑하는지
나도 모르겠다

아프지 아니한 사랑은 없다지만
우리의 사랑은 커다란 열매로
다시 빨갛게 익어온다.

봄바람

시샘하던 봄바람이
살랑살랑 불더니
어젯밤 드레스 입고
왔다 갔다
정신 빼더니
아침에 꽃잎 모두 훑어 가버렸네

얄미운 봄바람아
꽃은 자꾸자꾸 핀다
황사와 미세먼지는 친구 하지 마라

오려면 얌전하게
너만 다녀가렴.

목련화

목련화 봉우리가
터질 듯 부풀어지다
어젯밤 봄바람에 간지럼 탔었는지

앞섶 헤치고
빵긋이 웃으며
봄꽃들을 샘내며 홀라당 쫓아 나와
예쁜 속살 내어 수줍은 듯 반겨주니

아무리 바쁘다 해도
그냥 지날 수 있으랴

예쁜 너의 모습 눈 속에 담았다가
그림을 그려 볼까 시 한 수 써 볼까
무슨 재주 부려 보아도
너를 어찌 따르랴.

봄맞이 가자

봄바람이 내 마음 두드릴 때
연두색 바람과 산천의 아름다운 색상이
내 눈을 흐리게 했다
향기에 매료되어 버렸지

친구야 봄맞이 가자
우리도 가서 환영 맞이해보자
봄바람 실컷 마셔도 보자
흥도 내보자

해마다 따뜻하고 아름다운 봄
찾아오지만
항상 새로운 네가 기다려져
오늘도 언덕 위에서
너를 기다린다

올해는 어떤 봄이 올까!

4월을 보내며

목련꽃의 뽀얀 속살이
눈부시게 아름답다
한 잎 떨어져
내 얼굴을 스친다
꽃잎의 향긋한 아름다움이
내 마음에 봄을 느끼게 한다

아, 아름다운 세상
아, 아름다운 꽃잎 하나

내 기분이 이렇게 달라질까
가던 길 멈추고 날아가는 꽃잎 보고 말한다
너는 어딜 가는 거니
이보다 좋은 곳 또 있더냐?
스스로 기가 죽어 돌아서는
내 마음 어쩌랴.

흐드러지게 핀 꽃

올해도 대문만 나서면
화창한 꽃들이 나를 반긴다

갖가지 예쁜 옷으로 치장하고
화장도 하지 않은 아름다운 얼굴로
나를 반긴다 그윽한 향기까지 발하면서

그 향기 취하지 않을 이 뉘가 있을까?

술이 아닌 꽃에 취하고
향기에 취해 비틀거리는 나를 보고
까르르 웃는 꽃들

더욱 아름다워
나는 너 때문에
가던 길을 잃어버렸네.

원추리 새싹

이슬비가
밤새도록 화단을
두드리니

드디어 문을 열고
원추리 싹이
수줍은 듯 잎을 내민다

연약한 연초록 잎이
딱딱한 대지를 뚫고

세상을 향하여
큰 기지개를 켠다.

혹시나

칠흑같이 캄캄한 밤
꼭 누가 올 것만 같아
창문 열고 내다보니

하늘에는 영롱한 별빛만 반짝이고
애꿎은 가로등만 졸고 있네

싸늘한 봄바람이 살랑대며
내 마음 흔들어 놓고
밤잠은 바람과 함께
멀리 날아 가버리고

새벽닭 우는 소리
새날이 밝아오네.

태어난 봄꽃

그렇게 모진 산고 끝에

태어난 봄꽃

대문 밖에 나서면

흐드러지게 피어 있네!

순풍이 불어오면

아직도 까칠한 추위가
서성이는 이월 말
아가씨들의 마음은 벌써 설레고

남쪽의 꽃바람 타고 순풍이 불어와
들풀과 나무들 쓰다듬고 지나가면
온천지 만물들 소리 높여 기지개 켜고
벌 나비 날아와 궁합 맞추네

이렇게도 오묘한 재주는
조물주이신 당신 밖에 없습니다.

봄 산에 피는 꽃

봄 산에 피는 꽃이 이렇게 예쁜 줄은 정말 몰랐네
봄 산에 지는 꽃이 그리 고울 줄이야
봄이라는 이름이 이렇게 아름다울 줄은 몰랐네

만약 누군가가 내게 다시 세월을 돌려준다고 하더라도
조용히 미소 머금고 싫다고 말할 거야
다시 또 알 수 없는 안개빛 같은 젊음이라면
생각만 해도 힘이 드니까 나이 든 지금이 더 좋아
그것이 인생이란 비밀이 준 고마운 선물

나이가 들면 나란히 앉아
아무 말하지 않고 내 마음 알아주는 친구
하나 있다면 더 바랄 게 없네
그것이 자연이 준 꽃보다 아름답네.

윤석단 제2시집

운문의 사계

제2부

구름이 지나가며

이 세상 모든 것들이 돌아가며 흐른다
물레방아 돌아가듯이
나도 같이 흐르면서 낡아간다.

아침 해

동쪽 하늘 아침 해가
불끈 솟아오른다

오늘의 시작이라고
힘주어 잉태를 알린다

탯줄 끊고 온 세상 밝혀
희망의 불꽃을 심어

앞으로 전진하라고
채찍질한다

오늘도 힘차게
하루를 살자.

유월

눈이 부시듯 푸른 하늘에
하얀 구름이 어우러져
더욱 눈이 부신 유월의 초여름
맑은 하늘이 더욱 푸르다

어디로 가는지 모르는 솜털 같은 구름이
바람 따라 하늘높이 여행 한다

아름다운 세상 구경하며
내려다보는 세상은 어떤 느낌일까
구석구석 복잡한 인간들의 모습이
얼마나 지저분하고 유치할까.

구름이 지나가며

구름이 지나가며 달을 가린다
세월이 흐르면 너도 같이 흘러간다

이 세상 모든 것들이 돌아가며 흐른다
물레방아 돌아가듯이
나도 같이 흐르면서 낡아간다

계절은 어김없이
제때 잘도 돌아오는구나

인간은 삶의 성숙도
구름 따라 흐르며 더욱 빛나게
익어 가는가 보다

나의 머리도 하얗게 익어
백발이 되어 가는구나.

초여름

초여름 바람이
내 얼굴을 스치며 장난을 친다
그래도 기분 좋은 장난이다

내 어깨를 슬쩍 간지럽히고
휙 달아난다

어 어, 또다시 찾아왔네
내 머리와 얼굴을

한 바퀴 돌고 날아가 버린다
어디로 갔을까
오늘 한 머리인데
모두 헝클어졌네.

바람과 봄비

한 해를 마무리한 감나무가
조용히 비를 맞으며 담에 기대어 있다

젖어오는 무게만큼 발걸음이 무거울 때
이 땅을 찾아오는 비단 깔린 봄 길이다

꿈속까지 찾아와
아침잠을 깨운 바람 같은 봄비
살랑대는 바람에 요동을 친다

심술궂은 바람과 비가
온 세상을 흔들고 다닌다.

꽃들의 큰 비밀

꽃망울이 피어나는 순간을 기다려 보았는가
굳게 다문 꽃잎 눈에 보이지 않게
아무도 모르게 부풀어 오르고 펼쳐져
활짝 펴지는 그 황홀한 순간
그 순간을 지켜본 적 있는가

하지만 우린 번번이 때를 놓쳐 버린다
꽃이 저 스스로 피어나는 그 은밀한 순간
다른 이에게 절대 들키지 않는 비밀
기다리고 지키다 잠깐 한눈파는 사이
꽃은 이미 활짝 피어 웃고 있네

아무도 보지 못할 때만
불꽃처럼 찬란히 모습을 드러낸다
누구도 모르는 비밀의 순간에
돌아보면 원래 그랬던 것처럼 거기 피어 있으니
그것은 꽃들의 큰 비밀일세.

인생

인생은 사람들의 말처럼
고달프고 어둡기만 한 것은 아닙니다
아침에 내린 비는
화창한 오후를 선물하기도 하지요

때로는 어두운 구름이 끼지만
모두 금방 지나가지요
시간이 약이라 금방 지나간답니다

소나기가 와서 정원에 장미꽃이 핀다면
소나기 내리는 것을 슬퍼할 이유가 없지 않나요
인생의 즐거운 순간은 그리 길지 않습니다
고마운 마음으로 그 시간을 즐기세요

가끔 죽음이 끼어들어
제일 좋은 이를 데려간다 한들

슬픔이 승리하여
희망을 짓누르는 것 같으면 또 어때요
희망은 금빛 날개를 가지고 온답니다
그 금빛 날개는 어느 순간에도
우리가 잘 버티도록 도와주지요

씩씩하게 그리고 두려움 없이
힘든 날들을 견뎌내세요
영광스럽게 그리고 늠름하게
용기는 절망을 이겨낸답니다.

바람 숙제

길가의 낙엽이
소용돌이친다

허전한 마음이
스며드는 오후
휙 불어 닥친 바람 때문일까

소중한 하루가
마무리하는 탓일까

비까지 내리려는지
어둑하니 구름이 몰려온다.

진실

진실이란 그 자신을 시험하는 것과 같다
그 외의 다른 것으로는 표현할 수 없는 것
가장 순수한 순금보다 더 순수한 것이다
또한 이보다 아름다운 것은 없으리라

그것은 사랑의 빛과 삶 자체
진실은 영원히 빛나는 태양과 같다
그 어디에도 찾아볼 수 없는 은총의 영혼
믿음과 사랑이라

진실은 약속의 보증이고
아름다운 향기를 뿜어내며
모든 거짓을 발밑에 밟아 버리는
믿음의 힘을 가진다.

증오는 빨리 버리자

마음속에 있는 증오는
빨리 버리자

그것에 사로잡혀 있다면
정신 건강에 해를 입을 수 있어
에너지가 감소한다

깨끗하고 정상적인 에너지로
희망적인 삶을 살자.

파란 하늘에 시를 쓴다

파란 하늘 하얀 구름은 뭉쳤다가 펼쳐지며
자유로이 하늘에서 시를 쓴다
둥둥 떠다니며 스스로 시를 쓴다

살랑살랑 산들바람은 산과 강을 날아다니며
리듬 타고 빠르게 느리게 왈츠 춤을 추며
멋진 비파소리 따라 시를 쓴다

나무들은 산에서 들꽃과 함께 흥겹게
노래하며 춤을 추며
사이좋게 손잡고 즐겁게 시를 쓴다

이 세상 삼라만상 모든 것이 지구가 돌아가듯
제각기 한데 어울려 비가 오면 비 오는 대로
눈 오면 눈 오는 대로 바람이 불면
바람 부는 대로 잘도 돌아가며 시를 쓴다

사람들은 나름대로 흥을 돋우어 시를 쓴다
감정대로 시를 쓴다.

장독들

흙으로 빚어져
불 속 빠져나와
여러 친구와 옹기종기 모여앉아

햇빛 포근히 안아주니

장 담아 간장 뜨고
한 해 두 해 더욱 맛 들어
살림살이 이보다 행복하랴

살랑 바람 합세하여

이 맛 저 맛 합쳐 봐도
한 해의 장맛
천하의 일품이구나.

달밤

하늘이 고요히
땅과 입맞춤하니
피어나는 꽃잎 속에서
하늘의 꿈을 꾸는 것 같다

바람은 들판을 가로지르고
벼 이삭은 부드럽게 물결치며
숲은 나직하게 출렁이고
밤하늘에는 별들이 반짝반짝

금방 나의 영혼은
커다란 날개를 펼치고
조용히
시골 들녘으로 날아가 버린다.

지나가는 세월

어제는 과거
오늘은 내 날
내일은 희망
세월은 그렇게 흘러

어느덧 반백이 지나
이것저것 다 겪고 나니

허전하고 쓸쓸하긴 하지만
이제 친구들과 어우러져

즐겁고 재미있게
지나가는 세월을 엮어 보련다.

빈손

빈손으로 온 인생

오자마자 큰 소리
와~앙 하면서
세차게 군림한다

이왕 왔으니

의롭게 살다가
빈손으로 돌아가자.

푸른 나뭇잎들

눈 부신 태양 아래 반짝반짝 빛나는 하얀 길
진초록 활엽수림들의 이불 같은 산속
이름 모를 새소리 정겹고

손에 잡힐 듯한
푸른 나뭇잎들과 멋진 가지들
차창을 두드린다
어느새 녹색으로 물들어가는 내 마음

떠도는 구름이 자유를 갈망하며
번거로운 일상을 잊으며
초록의 계절처럼 싱싱하게
흔들리지 않고 살고 싶다.

윤석단 제2시집

운문의 사계

제3부

청잣빛 고운 하늘

저리 고운 청잣빛 하늘에는
하얀 솜털 구름이 노 젓는 백조가 되어
파란 하늘에서 쪽배를 탄다.

청잣빛 고운 하늘

비 온 후 맑은 하늘 어찌 저리 고울까
무던히도 덥든 올여름

입추가 지나자
찍소리 못하고 슬그머니 꼬리 내리네

너는 미안한 마음도 없나 보다
대한민국 땅 덩어리를 지글지글 끓여 놓더니
보기 좋게 후퇴하는구나

저리 고운 청잣빛 하늘에는
하얀 솜털 구름이 노 젓는 백조가 되어
파란 하늘에서 쪽배를 탄다.

그믐밤

칠흑같이 캄캄한 밤
코를 베어 가도 모르겠다던
옛 어른들의 말씀

아이들은 그런 밤이 무섭기도 하고
도깨비 놀이하며 마당에 모닥불 피워놓고
숨바꼭질하며 놀았지

먼 산에서는 소쩍새 울고
뒷산 부엉이 부엉부엉 울었지

어른들 등 뒤에 숨어있다가 술래에게 들켜
술래가 되던 때가 엊그제 같은데
어느덧 내 머리 흰서리 날리고
캄캄한 그믐밤이 그립구나.

삶이 나에게 말한다

삶이 내게 말한다
그만 하라고 그만 해도 된다고
넌 충분히 노력했노라고
해도 안 되는걸 어떡하냐고

지나치게 당연하다고
외로운 건 당연하다고
실패하는 게 당연하다고

그렇게 최선을 다한다 해도
안 되는 일이 분명히 있다고
아프지 말라고
마음이 무너지면 안 된다고

네가 가진 용기 있는 마음을
꼭 붙들고 있으라고
내 삶이 나를 응원한다.

비 오는 날

어젠 종일
오늘은 반나절
비가 왔다

그래 그러네
비를 맞고 다니기엔
이제 너무 조심스러운 때가 된 것 같아
쳐다보기만 했다

뿌연 한 아련함이 뿌옇게 다가왔다
노안(老眼)이라 탓해본다

이런 날은 읽던 책도 덮고
조용히 그쪽만 바라본다.

세월

세월은 나하고
친한 척 다가서 오더니

어느새 쌩 뚱
모른 체하고 가버린다

저만치
변덕쟁이 같은 세월은
앞서서 뒤도 안 돌아보고 가버리네.

가을이 오면

갈색 그리움이 창가에 서성인다
마시는 술잔 속으로 뚝 떨어지는 낙엽
깊숙이 묻어둔 사연 한 줌
들국화 향기 안고 날아온다

풀잎 향기 서린 뒷산에는
제풀에 지친 뙤약볕이 힘없이 드러눕고
한여름 내내 실눈 뜨고 기다리던 귀뚜라미
청아한 선율로 목청 높인다

하늬바람에 소풍 나와 보니
양떼구름 새털구름 모여
쪽빛 도화지에 하얀 물감 뿌려
화려한 그림 솜씨 뽐내고
용을 그렸다가 여우도 그린다

미루나무 은빛으로 잠드는 밤
밤송이 달빛 먹고 속살 찌우네

감나무 가지 사이로 부는
건들바람의 부드러운 애무에
풍요로움! 꿈꾸는 풋감들은
살짝 얼굴 붉힌다.

가을에는

바스락바스락
낙엽 구르는 소리에
행여나 귀 기울여보는
어리석은 마음

누구 올 사람도 기약도 없는 막연한 기다림
이것이 가을이던가

팔랑팔랑 잎 떨어지고
우수수 모두 가버리는 계절
아, 가을
그 가을에 허무가 서성이면

저 멀리 개 짖는 소리
조용한 내 가슴에
돌 하나 던지는구나.

주고받은 약속

약속이란 수시로 바뀌어도 되는 것일까
밤에 한 약속 아침에 바꾸면 어떤 기분일까
사람마다 생각이 다르기도 하지만
황당한 생각이 드는 것은 속 좁은 사람일까

생각 없이 한 대답은 아니겠지
힘들게 한 질문인데
약속이란 연쇄반응을 일으킨다
책임도 없이 한 대답

기막힌 답답함 누구의 잘못인가
처음부터 잘못이었던가
책임감 없는 사람도 아닌데
어떤 이의 사주인가

절이 싫으면 중이 떠나야지

말이 쉬운 속담이지
힘 들여 한 질문
한 대 얻어맞은 기분

사과 한마디 없는 구차한 변명
그건 아니야!

가을날

가을날
비올롱의 긴 오열이
내 마음 괴롭혀

단조로운 고달픔에
오늘도 이리저리
굴러다니는 낙엽처럼

나도 그렇게
굴러가노라.

언제 시원할까

언제 시원할까
기다리는 안타까움

세월 흘러 계절 지나
뒷머리 만지며
'가을이 왔으면' 하고 기다리는 마음

온 산은 짙푸르지만
다가올 산의 홍엽(紅葉)
이 내 몸은 세월 가운데 묻혔어도

시원한 가을바람
귀뚜라미 요란하고
오곡백과 누렇게 물드네.

그리운 옛 추억

비가 오는 날이면
뿌연 창가에 앉아
옛 추억을 그린다

비 오는 날이면
사랑했던 사람을 생각해도 좋다

멀거니 밖을 내다보고
내리는 비를 바라보며
아무 생각 없이 빗소리만 듣는다

촉촉이 젖어가는 대지가
스펀지처럼 물을 흡수한다
그때 그리움이 앞장선다

사르르 내 몸도 마음도
추억 속을 여행한다.

비 내리는 옥탑방

비 내리는 옥탑방
창문 내다보니
아무 생각 없이 수심에 잠긴다

비는 만족하게 대지를 적시고
사방은 고요를 깔아
빗물은 대지 속으로 숨어들고

손으로 만질 수 없는 내 마음
내 영혼의 소리
잡힐 것만 같아

서정을 노래하는 옥탑방
창문 밖에만 있는 것 아니다.

노란 가로수

노란 빛깔 속으로 쑤욱 빨려들어
그 길을 한없이 걸었지

그대와 둘이서
사랑하는 사람과 어깨를 나란히
이야기는 끝이 없었고
배고픈 줄도 모르고
포장마차에서 떡볶이와 순대 먹으며

어느덧 우리는
지나간 필름처럼 낡아 버리고
희미하게 졸고 있는 가로등처럼
노란 은행잎으로 퇴색 되었구나

세월의 무상함을 느낀다.

그리움

삶에 지친 이 세상
허전한 마음 항상 내 가슴에
놋화로불 같은 따뜻함 잊지 못해
그 온기에 자꾸 생각이 나는 것은

바람으로 가득한 세상 편치 않아
얼마나 더 살아야 잊을 수 있을까

흔들리지 않는 꼿꼿함 유지하고
바람을 타지 않을까 두려워

털끝 하나의 무게도 말하지 않는데
기억은 퇴색되지 않고 더욱 선명해져서
자꾸만 그리운 그 뿌리 향해 깊숙이 파고들어

이제라도 모든 짐 벗어 던지고
그리운 부모님 품속에 푹 안기고 싶네.

내 꽃밭

빨강 노랑 파란 꽃들이
각각의 향기를 품고

벌 나비 날아와
춤추며 파티할 때

세상은 내 것이었지
열기 왕성한 여름 지나

귀뚜라미 울어대는
적막한 밤

임 생각 그리워
애수에 젖네.

가을 꽃밭

푸르른 잔디 위에
예쁜 가을꽃 활짝 웃고 있네

이름을 몰라 미안해 꽃들아
나는 너의 이름을
하나도 모르고 있구나

너는 어찌 나를 아는 척
그렇게 반기며 웃고 있니

고마워 나는 첫눈에 반해 버렸다
어쩜 세상 누구보다
사랑스럽고 예쁜 꽃이구나

난 바쁜 일 있어 가야 해
잘 있어 우리 다음에 또 만나자!

기다리는 마음

달도 없는 캄캄한 밤
내 임 기다리는 간절한 마음

영롱한 별빛 아래
언제나 오실까

창문 열고 내다보니
가로등에 비치는
봄비 줄기만 보이는구나

혹여 내 임 오시는 날
곱고 고운
꽃잎 뿌려 맞으리.

너울 바람이 분다

팔월 한 달 정신 못 차리게
더위가 기승을 부리더니만
처서가 지나니 이렇게 달라진 계절
파도가 너울거리듯 나무들이 일렁거린다

처서가 지나니 가을이 왔다고
누가 말했나요
어찌 이렇게 신기하게 만들었는지
우리의 머리로는 감이 잡히지 않는군요
시원한 바람이 불고 가을이 오면

온천지 나무들은 예쁜 옷으로 치장하고
슬픈 이별 준비를 해야 하기에
나무는 아름다운 잎을 떨어뜨리고
시원한 달빛 아래 졸고
까만 밤 지키고 있는 가로등도
시원한 바람에 사르르 졸고 있다.

윤석단 제2시집

운문의 사계

제4부

그리운 가슴 안고

내가 너의 문을 두드릴 때
달려 나와
나를 포옹해다오

내 고향 자갈길

길가에 포플러 가로수 줄지어 서 있는
그곳의 자갈길은 내 고향 가는 길
넓은 자갈길을 달리는 오가다 버스는
맑은 공기 가르며 오늘도 달리고 있을까

조용한 오후인데
지금도 그 길을 많은 사람 싣고
미끄러지듯 달리겠지
자갈길이 아닌 아스팔트길 위로

세월의 변화로 멋진 신사의 길이 되어 버렸네
내 어린 시절 꿈을 안고 타고 다니던 그 버스 그립다
나도 변하고 정든 고향 산천도 변해가지만
지금도 이 길은 고향의 향수를 듬뿍 품고 있다.

사랑은 조용히 오는 것

사랑은 조용히 오는 것
외로운 가을과 꽃이 시들고도
기나긴 세월이 흐를 때

사랑은 살그미 오는 것
얼어붙은 물속으로 파고드는
밤하늘에 반짝이는 별처럼
조용히 내려앉는 눈과도 같이
살그미 땅속에 뿌리박는 것처럼

사랑은 더디고 조용히 오는 것
조용히 내려앉는 눈처럼
사랑은 살짝 뿌리로 스며들어
씨앗은 조용히 싹을 틔운다

하늘의 둥근달 커지듯이
아주 조용히 천천히.

깨 꼬투리

높고 푸른 가을 하늘
마당의 풀벌레들 쉬지 않고
울어대는 오후

키재기하듯
마당 덕석 위에
줄지어 누워있는 보라색 들깨 꼬투리

막대기로 슬슬 털어본다
줄줄 쏟아지는 알갱이

흥얼거리는 주인의 콧노래
몇 줄 연이어 털어내네

구릿빛 건강한 얼굴에
주름진 농부.

밭두렁 위의 호박

저 밭두렁 위에 도도히 앉아있는
넓적한 잎 사이에
요리조리 숨어있던 애호박들

재롱잔치하고
모두 어디 갔는지
몇 개 남지 않았네

햇볕 가려 그늘 만들어 주고
비바람 덮어주던 넓죽한 호박잎

물난리와 한여름 불볕더위에도 끄떡 않고
퍼질러 앉은 늙은 호박
한 번도 덮어주지 못했는데
잘도 자라 철버덕 늠름히 앉아 있네!

가을 나무

가을바람이 살랑살랑 불어온다
학교 담벼락에 줄 서 있는 나무들

흔들며 나뭇잎 떨어버리고
미련 없이 살려 하네

인간들 자식 안고 끝까지
애착 가지는데
너희들은 일찌감치 모두 털어버리고
내일을 위해 힘 모으는 현명함

땅속 작업 하는구나

살아가는 지혜
인간보다 나음이야.

그리운 가슴 안고

두근거리는 가슴 안고
너에게로 달려간다
내가 너의 문을 두드릴 때
달려 나와
나를 포옹해다오

기나긴 세월 흘러
이제야 잠을 깨니

저 밑에 숨어 잠자던 너의 생각
갑자기 울컥하여
설은 잠에서 깨어나
너에게 안긴다

그리고 시를 쓴다.

검은 호수의 달빛

달빛의 숨소리
하얗게 부서지는 호수가
나의 외로움이 깊다

두레 밥상 가운데 두고
옹기종기 모여 앉아
희망을 키우던 곳

떠난 이들의 한 서린 마음인지
외지를 떠돌다 찾아든 고향 땅
달빛에 물 속은 더욱더 검다

바람 한 점 없는 고요한 호숫가
그와 나는 쓴 담배 한 대 나누어 물며
한기 가득한 물을 바라볼 뿐이다.

떠나가는 가을

발밑에 구르는 낙엽을 본다
새파란 하늘을 쳐다본다
온통 흐트러진 숨소리를 듣는다

네가 떠난 길머리에서
고개 숙인 해바라기를 본다는 것이
얼마나 외로운 인생의 순교자인 것을 생각해 본다

아무 말도 없이 이렇게
낙엽을 한 아름 안고 다소곳이 달빛에 서면
발밑에 누르는 낙엽이 있다

새파란 하늘이 있다
온통 두근거리는 숨결이 있다.

물의 변화

물은 파도가 일지 않으면
스스로 조용하다

거울은 때가 끼지 않으면
스스로 밝은 것이다

사람의 마음도 굳이 맑게 하려고
애쓸 필요가 없다

마음의 때를 없애 버리면
마음이 저절로 맑아지고 밝아진다

일부러 때를 없이 하려고 할 필요는 없다
때가 없으면 저절로 마음이 맑아지는 것이다

즐거움도 꼭 찾으려 하지 말고
괴로움을 떨쳐 버리면 저절로 찾아 든다.

소원

빌고 싶은 마음
하고 싶은 마음

무엇이 그리 염원이었는지
밤마다 빌어보는 간절함

그렇게 아쉬움이 있고
바람이 있었는지

아직도 기다림으로 가슴 떨며
간절히 애타 하는 마음

설익음인가
욕심이겠지

그냥 외로워하기엔
너무 사치 같아.

마냥 행복해지고 싶다

나도 가끔 이름 모를 바다 한 곳
후미진 곳에서 시어로 표현할 수 없는
긴 말들을 하고 싶다

줄줄이 출렁이는 해초의 이파리처럼
흐르는 물 위에 내 말을 풀어놓고 싶다

가슴 아린 어떤 이야기가 아닌
살아가는 작은 이야기
수평선이 보이는 너른 바다에 풀어놓고 싶다
출렁일 때마다 행복한 소리로 웃어 보고 싶다

가끔 나도 가 본 적 없는 작은 항구에서
바윗돌에 널브러진 해삼과 멍게를 따 보고 싶다
기억될 이야기가 아니라도 좋다

단, 한 사람이라도 귀를 기울여 고개를 끄덕이며
잠시 눈을 감아 줄 수 있다면
바위에 부딪히는 부둣가에서
하루를 마감하는 행복을 느끼고 싶다

건조하고 지루한 삶과 동떨어진 곳에서
대책 없이 마냥 행복하게 웃으며 살고 싶다.

단풍나무

어느새 꽃이 되다니
작렬하는 폭염에 달구어도
푸름으로 만끽하더니

무엇 때문에
화가 나서 붉어졌느냐?

아니면 임 오는가 하여
수줍어서 붉어졌느냐?

네겐 지금이 바로
생의 봄날이렷다.

추억

회색 짙은 하늘은
온 세상을 무겁게 한다
금세라도 울음을 터트릴 그런 상이다

손녀가 뛰어오며 눈이 와요 하고 반긴다
창을 내다보니 온통 뿌연 가루가 휘날리고 있다
어찌 아이들은 저렇게나 좋아할까

나도 모르게 수화기를 들고
친구에게 다이얼을 돌렸다
'눈이 내리네, 하얀 눈이 내리네' 하면서
노랫가락을 읊어본다

아득한 먼 옛날 추억이
엊그제같이 생생히 떠오른다
눈이 내리는 날

친구랑 스케이트를 타러 갔지
스케이트를 신고 일어서려는데
친구의 발을 차버려 둘이 같이
꾸당땅 하고 넘어졌는데 친구가 못 일어섰다
나는 미안해서 일으켜 세우는데 무척 힘들었다
그 후 그 친구는 계속 아파했다

지금은 어떤가 생각하며
나만이 아는 미소를 지어본다
친구야 괜찮니 하고 묻고 싶지만
어디서 무엇을 하고 사는지
궁금할 따름이다.

커다란 보름달

올해 유난히 커다란 둥근 달
할머니 정화수 떠놓고 정성 들였지
아들 손자며느리 건강하게 복 달라고
그저 아무쪼록
만수무강 일월성신님
애꿎은 손바닥 싹싹 비시던 할머니

몇 년 만에 큰 달이 떴다고
온 세계가 매스컴 타네
강물도 바다도 요동친다

과학 힘의 위대함을 느끼며
다가올 일기예보도 척척 알아내고
꿈에 그리던, 신비스러웠던 달

이제는 달나라로 로켓 나르고

지구와 가장 가까워졌다고
밀물 썰물 난리를 치고
세찬 바람 일으키니
아직도 너의 위력에 고개 숙이네

할머니처럼 빌어볼까?
커다란 보름달아.

가을비

비가 내리네! 가을비가
장마철처럼 주룩주룩 내리네

다 영근 곡식 하며 과일들이 애처롭다
농부들 물 빼는 고랑 만드느라 일손 바쁘다

따가운 열기에도 잘 견디고 자란 열매들
모두 귀한 자식처럼
하나라도 유실될까 봐 밤잠 설치네

비야 가을비야
적당히 내려다오.

서시

하늘을 우러러
어느 작가는
한 권의 책을 출간하는 것은
자식을 얻는 출산과도 같다고 했다

추운 겨울이 있어 봄에 꽃을 피우듯
두 번째 책을 출간하게 되었습니다

고통이 있기에
찬란한 밝음과 행복을 순산하듯이
많은 고통이 지나야
장성한 자식을 만들 듯하지만
자신과 용기를 가지고
두 번째를 탄생시킵니다

바깥 노출이 부끄럽기는 하지만

팔순 노인 생산은
더욱 조심스럽고 부끄럽습니다
어여삐 보고 사랑해 주세요.

가을바람이 살랑 분다

가을바람이 살랑 분다
나뭇잎이 떨어져 내 코끝을 스친다

그래 오늘 저녁은 뭘 하려니
낙엽은 내 귓가에 한마디 묻고는
글쎄 무엇을 할까

앞마을 한 바퀴 돌고
둘레길을 산보해야겠다고

그윽한 풍경소리와 은은히 퍼지는
염불 소리 들리는 곳으로
휙 날아가 버린다.

뒷동산

뒷동산 야산에는
수줍은 듯 이슬 머금고
파란 치마 노란 저고리
새 옷 갈아입고

임 기다리는 노란 들국화 아가씨
붕붕 나는 벌 나비들과 친구 되어
이리저리 예쁘다고 입맞춤하네

노란 국화 따서 소금물에 살짝 씻어
쪄서 말리면 감국이란 한약 이름 되어
인간들의 중풍 예방해주고

살짝 끓여 국화차 만들어 마시면
심신이 안정되고 혈액순환 잘되어
인간들 생기를 주네

그리 곱게 피어 인간생명 구해주는
예쁘고도 고운 노란 들국화
청초하고 맑은 빛 은은하네!

제5부

다 그렇게 사는 거야

인생, 그까짓 거
다 그렇게 사는 거지 뭐!

나 자신의 독백

고요한 유명산 자락을 돌아
겹겹이 감싸고 앉은 안개가
걷히기만 기다리다가

솟구치는 격한 그리움
아린 상처가 되어 남았다

점점 짙어만 가는 안개가
산안개 탓만 할 거냐고

꼭 말을 해야만 아는 거냐고.

그리운 학창시절

만나면 옛이야기에
기억을 더듬는 학창시절
하얀 무명 윗도리에 까만 치마 교복
목조건물 교실

그땐 더위보다 추위가
살갗 에워내는 아픔이었지
장작개비 피운 난로 위에
차곡차곡 얹어 놓은 양은 도시락
김치 익는 냄새

그래도 그때가 좋았다는 정감
그 얼굴 그 모습이 그리워
언제 도란도란 옛이야기 할 거나
옛 추억 그리워 우수에 잠기네!

자성의 한때

내가 누구인지
내가 모르는 나를 누가 알까

자기도 모르는 내가
아무 불편 없이 살아왔다

이제 와서
뭐가 그리 궁금한지 나를 찾아 나선다

지금까지 무엇을 하고
어떻게 살아왔는지 하나도 모른다

뒤돌아보는 순간
강물은 저만치 흘러간다.

빌려 쓴 안경

급히 나왔네, 아차!
깜빡했네, 안경

수업은 시작 어쩌나
친구에게 빌린 안경
환히 보이는 나의 눈
얼마나 편한지!
친구야 고마워
몇 번이나 말하고 싶지만
마음속으로 되뇌기만 한다

고마워 친구야.

꿈

간밤에 꾼 꿈이
마음에 걸려
복권 한 번 사볼까
꿈이 나를 유혹하네

에라, 헛꿈 꾸지 말자
이 돈으로 저녁 찬거리 사서
온 식구 저녁 맛있게 먹자

복권이 아무리
날 유혹해도 흔들리지 않고
내 식대로 살련다

순간에 허황한 생각
실망보다 못하리.

그냥 좋은 사람

어느 날 문득
그리움에 젖어있는
파란 하늘 밑에
은은한 커피 향처럼
설렘으로 다가와

마음을 설레게 만드는
그저 무덤덤하게
바람 따라 흘러가는 구름처럼
편안함을 느끼며
왠지 마음이 따뜻하게 느껴지는
그런 사람

새삼스레 말을 하지 않아도
묵은지처럼 구수하게 느껴지는
한줄기의 추억 속에 남겨

두고픈
어쩌면 눈빛 하나만으로
빈 가슴 사랑으로 가득 채워줄
그 사람은 딱 꼬집을 수 없는
그냥 좋은 사람이다.

인생의 의미

나는 때때로 왜 사느냐고
인생의 의미를 묻고 싶다

삶은 특별한 의미가 없다
인생은 의미가 없이 사는 게 아니다
그냥 태어났으니 사는 거라고
많은 의미를 부여하지 말자
하나의 생각만 늘어나게 된다

길가의 풀잎처럼 그냥 살자
하루하루에 만족 못 하고
늘 초조하고 불안하게 생각한다면
어리석은 삶인 것이다

내가 특별한 존재란 생각은
내려놓고 길가에 피어있는

풀꽃 같은 존재라는 것을
자각하며
그대로 자유롭게 살자

내가 남보다 잘나고
특별해야 한다는 생각을 버리고
스스로 삶을 행복하게 만든다
삶이 별거 아닌 줄 알면
도리어 삶이 위대해진다.

하루

오늘도 나에게 배당된 하루
내 마음대로 할 수 있는 소중한 하루
뜻있고 멋지게 보내야 하는데

게으름이 찾아와
내 눈까풀을 무겁게 하고
무아지경으로 인도한다

한참 후에야 약속이 있다는 생각에
정신이 번쩍
오늘도 나는 또 바쁜 하루를 보낸다.

다 그렇게 사는 거야

세상살이 뭐 다를 게 있나
다 그렇게 살아가는 거지
슬픔이 닥치면 기꺼이 손잡아주고
기쁨이 한발 물러나면
기다려 줘야지

밀어내지도 말고
밀려나지도 말고
그냥 부딪혀 보는 거야
부드럽게 감싸 안으며
솔로몬의 지혜를 생각하며

그들이 내뿜는 향기에
취해 보는 거야
인생, 그까짓 거
다 그렇게 사는 거지 뭐!

혼자라고 느낄 때

영혼이 갈증을 느낄 때면
우리는 목이 마를 때 물을 찾듯이
산책하거나 홀로 있고 싶어 한다

혼자만의 시간이란 없다는 것을
부지런히 움직이는 곤충들과
반짝이는 햇빛이 내는 소리들로
우리는 홀연히 무엇을 깨닫는다

아무리 자신이 혼자라고 느낄 때
누구든 혼자가 아니라고 느낀다
혼자인 사람은 아무도 없다.

두레박

우리 집 마당 한 모퉁이 우물물은
마을 사람들의 생명수

우물의 두레박은
삶의 젖줄 바가지
온종일 바쁘다

양철로 만든 깡통 두레박
긷고 또 길어도
펑펑
솟아나는 깨끗한 물

마을 사람들의 생명의 젖줄
오늘을 가꾼 삶의 원천이더라.

인생의 계절

한해가 네 개의 계절로 채워져 있듯
인생에도 네 개의 계절이 있다

원기 왕성한 사람의 봄은 그의 마음에
모든 것이 아름답게 보일 때

그 여름엔 화사하며
봄의 달콤하고 발랄했던 생각을 사랑하여
되새김질하는 때와 같으니 그는 하늘 천정까지
날아오르는 꿈을 꾸네

그의 영혼에 가을이 오면
날개를 접고
옳은 것, 놓친 것, 잘못과 태만
저 높은 하늘 무심히 쳐다보듯
방관하며 체념하는 때 같은 것

네게 겨울 오니
창백하게 일그러진 모습으로
그렇지 않으면 모든 게 사그라져
먼 길 먼저 가 있을 것인지 모른다오.

차 속에서

버스를 타고 제일 앞자리에 앉지 말고
중간쯤 앉아서 차창 밖을 살펴보라
그 풍경이 얼마나 아름답고 볼거리가 많은지

기차는 앞을 볼 수 없지만
옆 창문 유리 넘어는
잠자리 잡던 어린 시절이 보인다

기찻길은 언제나 고향길이다
어둠이 내리면 유리창에 비치는
마을 친구들의 얼굴이, 밭에서
돌아오시는 부모님의 모습이 보인다

아, 그리운 옛 추억!

추석 송편

하늘 높이 뜬 둥근 달
온 세상을 비추고

들불놀이 간, 힘 뻗친
철없는 남정네들

밝고 둥그런 달 속에는
토끼 한 마리

쌀가루 익반죽하여
배가 볼록한 송편 만들고

솔잎 깔고 쪄내면
향긋한 솔 냄새

조상님들 차례상에

가득 담아 올리네

흩어진 온 가족 모여 앉아
삶 속의 이야기꽃 피우며

정담 나누는
한가위 추석이라네.

가끔은 그렇게 살고 싶다

마음을 열어놓고
이런저런 사는 이야기
하고 싶은 사람
그리워지는 날이 있다

소식 없이 찾아가도
환한 얼굴로 반겨주는 사람
그리워지는 날이 있다

커피 향 가득 담고
흘러나오는 음악을
같이 들을 수 있는 사람
괜스레 가슴을 파고드는 쓸쓸한 날
전화를 만지작거려보아도

누구에게 머물지 않는
공허한 마음 살포시 놓아 본다.

옛 추억

봄비가 추적추적 내리는 봄날
어쩐지 마음이 허전하여 서성인다

이제는 그럴 때도 지난 나이지만
아직도 나는 옛 추억이 생각난다

나 혼자 회심의 미소를 지으며
마음의 안정을 찾아
친구에게 다이얼을 돌려 본다

낭랑한 경쾌한 목소리가
나를 황홀경에 빠지게 하는구나
이제 나도 잊어버리자

오랜 세월이 지난 지금 무엇이 궁금한가
그래도 궁금하여 가끔 생각나는 것이
무척이나 친한 친구였구나.

화담 숲

푸르른 유월이 우거진 숲
내리쬐는 눈 부신 햇살
아름답게 만들어진 솜씨 누구의 작품인가

오목조목 섬세하게 잘도 만들었네
청잣빛 하늘과 맑은 공기, 아름다운 풍경
시인들을 찬양하며 노래하네

향기 어린 화담 숲
청잣빛 하늘과 솜털 구름 어우러져
맑은 공기 마시며 시나브로 흥 돋우며
이름 모를 새들도 노래하네.

제6부

붉은 해가 솟아

어제 난동 친 부끄러움 때문에
얼굴 붉히고 나온 용기
감동되어 반갑기만 하구나

차 한 잔

아침상을 물리고
조용히 홀로 앉아
커피 한잔을 마신다

조용하고 한가로운 마음
아, 참 좋다
멋지다는 생각을 하며
작은 황홀감을 느껴 본다

창문 유리 넘어
파란 하늘이 웃고 있다

초여름 바람이 장난을 친다
내 얼굴을 스치며 장난을 한다
기분 좋은 나날이다.

콘도 가는 날

콘도를 간다고
손녀 손자들의 들뜬 마음을 보니
옛 생각 절로 나네
나 역시 소풍 가는 날 잠 설치며 좋아하던 어린 시절
나 역시 그랬었다. 잠을 설쳐가며

지금 나는 생각이 내키지 않아
망설이고 있다가 갈까 말까!
내가 나이 들었음일까

아이들의 등쌀에
차를 타기는 했지만
어쩐지 마음이 어두워진다
고속도로에 들어서서
우거진 푸른 숲을 보니 좀 편해진다
분위기에 따라주자.

숙제

시상이 떠오르지 않아
눈감고 한참 생각
아이 어쩌나

시간은 자꾸 가는데
멀거니 허공만 바라본다
아이 어쩌나

머리는 백지처럼 하얗게 되고
눈꺼풀은 둘이 하나 되고
시상은 멀리 갔네
아이 어쩌나

눈뜨니 아침이네
아이 어쩌나!

겨울바람 인생

싸한 겨울바람
사르르 한 살얼음

이것이 모두 인생길
이 감미로운 길을

바로 이런 것이
인간의 삶이다.

살얼음 썰매

씽씽 재미있는 썰매
그 옛날 어린 시절
논밭에 얼은 얼음 위로
씽씽 타보던 얼음 썰매

할아버지 할머니 눈을 피해
썰매 타던 그때가 생각난다
여식 아이가, 하시는
할아버지의 무서운 질책도

재미있던 그 시절이 그립다
진짜 즐겁고 철없던 좋은 시절

아! 아득한 먼 옛날.

낙엽

길가에 떨어진 나뭇잎
초라한 모습으로 뒹굴고
한여름 시퍼렇게 싱싱하더니

어찌하여 이렇게
몰골이 서글프게
변해 버렸나

세찬 바람에 흔들려도
무성함을 자랑하며
오가는 이들에게
그늘을 만들어 준다

비에 젖어 뒹구는 낙엽들 모습
아! 서글픈 오후.

겨울나무의 간절한 기도

어찌할 수 없는
칼바람이라도

온몸으로
기꺼이 맞이하겠어요

겉보기에는
내가 힘 있는 것 같이

쓸쓸한 빈 가지와
맨몸 밖에 없지만

내 안에는
굳세고 강한 생명이 있어

한순간의 쉬는 시간 없이

새봄을 만들고 있으니

오늘 밤 찬바람 채찍이
매서우면 매서울수록

겨울 너머 따스한 봄을
더욱 간절히 꿈꾸게 한다.

갈대처럼 살아보자

그리 높지 않은 언덕배기
양지바른 곳 갈대밭
바람이 찾아오면 반갑다고 일렁일렁
인간들이 가진 고민 비웃듯이 일렁일렁
코웃음 치며 일렁거린다

바람이 이리 불면 이리 따라 일렁
바람이 저리 불면 저리 일렁

넘어질 듯 꺾어질 듯 일렁대지만
너의 꿋꿋함은 여전히 멋져

하얀 머리카락 길게 늘이고
변함없이 철 따라 바람 따라 흔들거리는
너의 모습에 부러움을 느낀다
우리도 너처럼 고민 없이 살면
얼마나 좋을까!

붉은 해가 솟아

적막같이 캄캄한 밤
날이 새도록 비바람이 요란스럽게
흔들어 대더니
눈을 뜨니 동쪽 하늘에 붉은빛이 숨을 튼다

분풀이하듯 실컷 퍼부어 대더니
조용히 순산하는 너의 천연스러움
숨죽이고 쳐다보는 나의 마음 너는 알겠니
이렇게 또 하루가 태어나

밝은 하루를 탄생 시켜
활기찬 오늘을 만들어주고
온 세상 만물에 희망 주고 기쁨 주는
하루의 시작이 감동이지만

어제 난동 친 부끄러움 때문에

얼굴 붉히고 나온 용기
감동되어 반갑기만 하구나
오늘도 삼라만상 모든 생명체에
용기와 힘을 주어 편안한 역사 만들어주렴.

꽃

꽃이 좋아 꽃을 사랑했고
향기가 좋아 더욱 사랑했네

내 마음 황홀이 앗아간 그대
정신없이 너의 매료에 빠져버렸지

어느덧 계절 바뀌어 축 처진 네 모습
웅크리고 앉은 나에게 다시 찾아왔네

그래서 봄을 기다리고
또다시 네 매력에 잠겨 보련다
아니 아주 푸욱 빠져보련다.

겨울밤에

삭풍에 나뭇잎 떨어뜨리는
매서운 겨울바람 휘몰아치는 밤
서리 맞은 들국화 못 견디어 홀로 지는데
시들지 않는 소나무 가지 사이사이
새하얀 달빛 사이로 은하수 은빛 차가워

대나무 잎 하얀 눈 이고 창문 두드릴 제
책장 넘기며 사색에 잠겨볼까
외로움이 범접 못 하게
노래하며 내 마음 달래 볼거나.

또 한 해의 반이

또 한 해의 반이 지나가고 있다
따사로운 햇볕 솔바람 불던 동장군
따스한 가슴을 녹이던 봄도
아무 말 없이 지나

한 해의 반을
느끼게 하면서 인정도 없이 또 한 해가 훌쩍

마음이 바쁘기만 하다.

무궁화

우리 조국 나라꽃
영원무궁하여라

가지마다 피고 지는 무궁화
조국의 무궁 발전
빛내주려고
환한 웃음으로 피어나네

가을 문턱 바람에
동남쪽 언덕에서
이어 피는 슬기

온 삼천리에 새겨진
내 나라꽃 얼과 정신
한라산에서 백두까지.

등나무 꽃

촘촘히 엮어놓은 보랏빛 구슬처럼
파란 잎 사이로 주렁주렁
잊지도 않고 찾아오네

실바람에 흔들거리는 주렴 사이로
아른거리는 너의 모습

방울방울
떨어지는 애처로움에
애잔한 마음 간다.

겨울 망나니야

겨울이 그리 춥지도 않고
잘 지나간다고 했는데
입춘이 가까워져 오니
웬 심술을 그렇게 부리냐
산과 들, 강과 바다
모두 얼음 천지 만들어 놓고

미안한 마음도 없이
수도 파이프 동파시켜
이 추운 겨울에 물난리 불난리 내놓고
길에는 교통사고 힘들어 죽겠다

입춘 처녀 온다 하니
어디로 줄행랑치려 하니
너도 처녀 앞에서는
부끄러운 줄 아는구나

도망치기 전에 모두 고쳐주고 가거라

바람까지 몰아와서 모두 망쳐 놓고
봄 처녀 온다고 얼굴 붉히는 걸 보니
너는 시베리아 억센 남자인가 봐
시베리아에서 온 겨울 망나니.

윤석단 제2시집

운문의 사계

제7부

아름다운 내 고향의 추억

우리는 꽃잎을 따먹으며
내 것이 크고 네 것이 적다 하며
다투기도 하면서 자랐다.

아름다운 내 고향의 추억

    산세 좋고 물 맑은 내 고향 청도군 운문면 공암동, 아담한 시골 마을은 우리 윤가(尹家)들이 정답게 모여 살던 곳이다. 우리 집은 딸이 8명에 아들이 2명이 있는 딸 부자이다. 나는 전체에서 두 번째 딸로 태어났다. 우리 형제는 모두 10남매다. 아버지가 대구에 집을 마련하셔서 우리 형제들은 대구에서 공부를 했다. 시골 할머니 집에서 살림을 나온 셈이다. 방학이 되면 우리는 시골에서 보낸다.

    방학 때 촌에 가면 할머니는 손녀들이 온다고 맛있는 음식을 많이 만들어 주셨다. 나는 큰 거랑에서 잡아 온 고디

국(소라에 찹쌀가루와 부추 넣고 끓인 국)과 민물고기 조림을 가장 좋아했다. 무엇보다 큰 거랑에서 동네 친구들과 물장구치던 때, 저녁이면 친구들과 국수도 삶아 먹고 윷놀이를 하고, 나는 그때 민화투 치기 하는 법도 배웠다. 그러다 보면 방학이 언제 지나갔는지 빠르기도 했다. 우리 집 앞에는 작은 개울물이 흐르고 그곳의 옹달샘과 우리 집 우물물은 마을 사람들의 식수로 쓰였다.

장마철에 비가 많이 와서 버스 길이 끊어지면 우리 집에 일하시는 분이 지게를 지고 20리나 떨어진 동곡이란 마을 정류장으로 데리러 온다. 언니랑 나를 지게 위에 태우고 무섭고도 먼 길을 걸어서 굼바골(옛날 용이 꼬리를 쳐서 바위가 갈라진 곳인데 지금은 길이 되었다. 그래서 마을 이름을 공암동이라함)에 오면 그분은 이곳이 옛날에는 살쾡이가 나와서 사람들을 홀리고, 범이 나와서 사람들을 잡아먹는 이야기와 비 오는 날은 도깨비불이 나와 사람들이 길을 잃고 헤매다 낭떠러지에서 떨어져 죽는 이야기와 술 먹은 사람은 더욱 조심해야 한다고 하면서 재미있게 한다. 또 무서움에 떨다 보면 어느새 집에 도착한다. 할머니는 대문 밖까지 나오셔서 기다리시다 반갑게 맞아주신다.

지금은 대구에서 버스를 타면 약 1시간 반 정도 걸리는 거리지만 그때는 버스가 자갈길을 4시간 반은 가야 했다. 그때 그 버스는 오가다 버스라고 손으로 돌려 시동을 걸고 시도 때도 없이 고장이 잘 났다.

　옛날 할아버님께서 높은 벼슬을 하셔서 집이 무척 크고 넓었다. 지금 민속촌에 가면 볼 수 있는 집이다. 아버지는 무녀독남(無女獨男) 외동아들로 자라셨다. 그래서인지 한 번도 우리 집 딸 많다고 싫은 소리 듣지 않고 자라왔다. 대청마루에서 뛰고 놀면 할머니는 흐뭇한 모습으로 딸이라도 좋으니 한마당 뛰어놀라 하시며 먹을 것은 얼마든지 있으니 걱정하지 말고 자라라 하신 말씀이 지금도 생각난다.

　우리 형제들이 시골 가면 동네 친구들이 선망의 눈으로 보며 무척 부러워했다. 방학 때 시골 가면 친구들은 우리 오기를 기다리다가 쌀과 콩을 내어 떡도 해 먹고 밤에는 국수도 삶아 먹으며 재미있는 시간을 보냈다. 겨울밤에는 윷놀이도 하고 동치미 국물과 고구마 감자 우리 집에서 감 밤 대추 곶감 또 다른 집에서 서로 조금씩 가져온 음식이 한 광주리가 된다. 그때를 생각하면 웃음이 나고 가슴이 저미는 듯한 그리운 추억이다. 우리 집 마을 어귀에는 우리 집을 도와주시는 분들이 차례로 살고 우리 재실 앞 연당에는 옛날 윗대 할아버지께서 정사(政事)를 돌보실 때 손님이 오시면 그곳에서 시조도 지어 띄우던 곳이라 한다. 지금은 우리 집과 그 멋지고 자랑스러운 재실이 운문댐을 만드는데 수장 되고 말았다. 그곳에 살던 우리 일가친척끼리 1년에 한 번씩 그곳에서 만난다. 우리 집터 자리를 보면 가슴이 찡하면서 눈시울이 뜨거워진다. 친구들은 어디로 가서 어떻게 사는지 소식도 모른다. 올해는 메르스로 인하여 모임에도 못 가고 내년에는 꼭 가보아야지 하고 다짐해 본다.

봄이 오면 우리 집에 일하시는 분이 산에 나무를 하러 갔다 올 때 참꽃 다발 3개를 만들어 나뭇짐에 매달아온다. 우리는 꽃잎을 따먹으며 내 것이 크고 네 것이 적다 하며 다투기도 하면서 자랐다.

내 어머니는 딸 셋을 낳으시고 네 번째도 또 딸인가 싶어 겁이 나서 낳고 보니 아들이라 늦게야 산파 부르고 야단이 났다. 남동생과 나는 6살 차이 해방둥이다. 나는 그때 대구 효성 유치원에 다니고 있을 때였다. 아버지가 무척 좋아하신 것 같았다. 딸만 연달아 셋을 낳고 아들을 보았으니 천하를 얻으신 것 같았을 것이다. 그때 사랑채에 손님이 많이 오셔서 아버지가 나에게 심부름을 시켜 안방 장롱문을 여는데 거기에는 소작인들에게 받은 돈이 가득 들어있어 그 돈이 쏟아지는 바람에 내가 끼여 다쳐서 또 집안이 발칵 했다. 나는 지금도 형제끼리 만나면 돈벼락 맞아본 사람 있으면 나와 봐 하고 웃는다.

나는 세상모르고 철없이 자란 것 같다. 우리 언니는 사범대를 나와 교편생활을 하셨는데 형부 돌아가시고 딱 1년만에 뒤따라가시고 지금은 내가 맏이가 되니 여러모로 어렵다. 이제는 나도 세월이 흘러 동생들 살아가는 모습을 보니 더할 나위 없이 흐뭇함을 느낀다.

고향 운문면은 이제 고향이 아니다

내 고향 운문면은 경치 좋고 물 맑은 곳, 산천은 수려하고 아름다운 전경이 펼쳐진 꿈에도 잊을 수 없는 그리운 곳, 지금은 내 고향이 아닌 것 같은 느낌이다. 그곳은 전에 보던 고향이 아니다.

봄이면 참꽃 꺾고 야시갱이 캐고 풀 베어 논에 넣고, 감꽃 엮어 목에 걸고, 버들가지 꺾어 불고, 때때 뽑아 씹어 보고, 새 솔도 씹어보고, 찔레도 꺾어 입에 물던 그때의 고향이 아니다. 여름이면 맑은 냇가 멱 감고, 사발모지 놓고 텅갈래, 빵구리, 꺽다구, 노시람쟁이 깔딱미기, 먹지, 기조지, 가새피리, 국조지 남들은 잘 알아듣지도 못하는 물고기를 천렵하여 갱분에서 솥 걸고 물고기국 먹던 그때의 고향이 아니다.

옆집 언니가 됫박에 유리 깔고 밀랍으로 수밀한 수경을 입에 물고 물속에서 주어낸 고디 삶아 탱자 가시로 속 파먹고 고디국 먹던 때 생각난다. 사이나 풀고 약국대 찧어 고기 잡고 밤이면 횃불 불치기로 고기 잡고 밧테리로 고기 잡던 그때의 고향이 아니다. 밤이면 가설극장 영화 보러 몇 리를 걸어가고 무더운 여름밤이면 남녀노소 냇가로 목욕 가던 그때의 고향이 아니다. 소먹이고 꼴 뜯어 꼴 내기하고 잃어버린 소 찾아 이산 저산 헤매고 재랍에 거미줄 거두어 철갱이 잡고, 둥둘대 쪄서 딱총 만들던 그때 고향이 아니다.

친구들과 고생나기하고 지나가는 이웃마을 애들 패주고 복숭아 수박 땅콩, 감자, 고구마, 밀, 콩 서리하던, 떨어진 감 주워 담가 삭히고, 감초 만들어 꺽다구, 뼝구리 깻잎에 싸서 회로 먹던 그때의 고향이 아니다. 보리타작에 온몸 깔끄럽고, 보리 한 되로 철 일찍 나온 유안 사과와 바꾸어 먹던 그때의 고향이 아니다. 서래 긴 밭 매다 허리 휜 할매가 허리 펴서 둘러보시고, 쇠스랑으로 초벌, 재벌 논 메는 아버지가 둘러보시던 그때의 고향이 아니다.

가을이면 지천으로 널려있는 감 따 먹고, 감자, 고구마며 당근 뽑아먹고, 무 뽑아 한입 물던 그때의 고향이 아니다. 이 산 저 산 묘제를 기다려 시루떡에 적, 전을 얻으려 줄 길게 서던 이웃집 제삿날 기억하고 밤을 기려 제삿밥 함께 나누던 그때의 고향이 아니다. 봇물 막아 고리 잡고, 휑한 들판에 이삭 줍고, 온 동네 동테 돌리며 돌고, 자치기로 온 들판 헤매던 그때의 고향이 아니다.

겨울이면 학교 난로 땔감으로 솔방울 줍고, 산에 가 나무하고, 소깝 깔비 끌어 바지게에 짊어지던 그때의 고향이 아니다. 처마 밑에 손 넣어 참새 잡고, 나무에 철사 박아 썰매 잡아 얼음치고, 해머로 물속 방구 때려 피라미 잡아내어, 무 썰고 초를 쳐 회로 먹고, 정월 보름, 2월 영동 동제(洞祭) 때에 동구 밖 당나무에 걸어 놓은 연 종이 걷으려고 잠 안 자고 달려가던 그때의 고향이 아니다.

지금, 그때의 고향이 아니어도, 고향의 하늘은 푸르고 맑은 냇가가 있던 그곳 운문(雲門)은 언제나 내 가슴에 있다.

한가한 토요일의 콩국수

　그동안 무척 바쁜 일이 있어 정신없이 날을 어떻게 보냈
는지 기억이 아물 해진다. 아이들의 뒷바라지가 만만치가
않았다. 그런데 시골서 손님이 오셔서 그분의 뒷바라지도
만만치가 않았다. 모시고 다니면서 운전도 해야 하고 인사
하러 오는 사람들의 시중이 더욱더 힘들었다. 오늘 아침에
두 분이 떠나시는데 청량리역에서 안동 가는 기차를 태워
드리고 집에 오니 온몸이 내려앉는 듯 피곤이 엄습해온다.

　한 시간 정도 쉬고 나니 공연히 기분이 좋다. 마침 바람도
상쾌하다. 꼭 누가 올 것만 같아 자꾸 기다려 본다. 아들이

오려나 큰딸이 오려나 하고 기다려지는데, 대문 벨 소리가 요란하게 울린다. 이게 웬일이냐 일산에서 둘째 딸이 왔다. 반갑게 맞이하였다. 따라서 들어오는 큰 손자와 작은 손자였다. 오늘은 참 운이 좋은 날이다. 한 해 명절이 되어야 볼 수 있는 아이들이기에 더욱더 반갑다. 우리 둘째 딸은 아들만 둘이다. 그 녀석들이 다 자라서 덩치들이 아름드리나무보다 더 굵고 듬직한 모습에 더욱더 믿음직스럽다.

손자들이 왔으니 반갑기는 하지만 점심을 먹일 일이 아득하다. 모처럼 할미를 찾아왔는데 하고 걱정이 된다. 사 먹이려니 돈도 만만치 않다. 생각하다가 옳지 콩국수를 해 주자 하고 마음을 정했다.

마침 지난가을에 시골에 부탁하여 콩국수 해 먹으려고 콩 한 말을 사두었다. 얼른 콩을 씻어 갈기 시작하고 국수 물을 가스레인지에 얹어 끓이기 시작했다. 국수를 삶아서 찬물에 살랑살랑 헹궈 두고 콩물이 나오기를 기다려 김치랑 오이지를 반찬으로 내놓았다. 국수 꾸미로 오이를 채 썰고 계란을 한 개씩 삶아 얹고 깨를 뿌려 주니 두 사람이

두 그릇씩 먹고 나서 어 배부르다 하면서 만족해한다. 나는 신이 났다. 다행히 넉넉하게 국수를 삶아 두었기에 다행이었다. 얘들아 너희들 키우다 살림 봉창 나겠다 하면서 온 식구가 한바탕 웃었다. 즐거운 하루였다.

한가한 토요일을 보내려 했는데 너무 바쁜 토요일이 되어 버렸다. 그래도 다 큰 손자들이 들랑거리니 사람 사는 맛도 나고 기분도 좋다. 고단함도 사라지고 기분도 상쾌해졌다. 오늘 하루도 이렇게 지나가 버리는 것이 바로 인생살이구나. 한가한 토요일을 보내려 했는데 가장 바쁜 토요일이 되어버렸네! 그러고 보니 난 참으로 행복한 사람이라고 생각된다.

살구를 위한 나의 기도

　몇 년 전 지인으로부터 살구를 선물 받았다. 그런데 마침 오늘 과일 가게 앞을 지나오는데 살구가 눈에 들어와서 가던 길을 돌려 살구 두 바구니와 참외 키위 등을 사 와서 냉장실 서랍 속을 채우고 나니 부러울 게 없는 것 같이 든든하다. 지인의 집 살구나무가 좀 이상하더니 올해는 아주 안 열리더란다. 그 댁에서는 아주 걱정을 많이 하신다.

　옛날 우리 집 마당 한쪽에 살구나무가 있었는데 우리는 별로 신경 쓰지 않은 것 같다. 그런데 그 댁 바깥양반께서 온 정성을 다해 간수하시고 한 개라도 여러 사람과 나누어 먹으려고 살구나무 밑에 커다란 그물망을 깔아 하나라도 유실되지 않게 장치하신다니, 많이 고생 하시는 두 분이 눈에 선하다.

　이 야박한 세상에 다른 사람 먹이려고 그렇게 노력하는 사람 몇이나 될까! 복 받으실 거라고 생각한다. 그 부인은 남의 어려운 일 있으면 보살펴주는 습관이 몸에 배어 있어 그 자체부터 다른 사람의 귀감이 된다. 그 동네에서 살구 아저씨 살구 아주머니로 소문이 났단다. 살구나무야 내년 에는 건강해져서 맛있는 살구를 많이 맺어 우리를 즐겁게 해주렴.

감나무와 대추나무

    오래전에 나는 감나무 한그루와 대추나무를 하나씩 마당 한쪽 옆에다 심었다. 그것이 예쁘게 자라 대추가 열리고 감도 열리니 무척 좋았다. 3층 방 창문에서 내려다보면 감과 대추나무가 으스름 달빛에 보는 정감도 너무 좋았다.

    해마다 열리는 감과 대추는 도시 한가운데서 만추(晩秋)를 느낄 수 있는 우리 집 자랑이며 사랑의 거리가 되었다. 지나가는 사람들도 걸음을 멈추고 아름다운 가을의 열매를 신기한 듯 쳐다보며 사진도 한 장씩 찍으며 즐거워한다. 나도 은근히 뽐내며 좋아했는데 어느 날 밤 하나도 남기지 않고 몽땅 다 따가 버렸다.

누가 그랬을까? 세상에는 이상한 사람도 있지만 남의 감나무 감을 따가다니 어이가 없다. 작년에도 그랬다. 일요일 날 아들과 아침 먹고 따기로 했는데 어제 저녁 내가 들어오면서도 보았는데 이게 웬일인가? 모두 따가버렸네. 우리 집뿐만 아니라 옆집 할머니 집 감도 모두 다 따가 버렸다. 돈으로 치면 몇 푼 되지도 않는데 하면서 억울해 할뿐이다.

우리 감뿐만 아니라 같은 날 옆집 할머니 집 감나무도 다 따가 버렸다. 할머니는 펄펄 뛰면서 아까워하신다. 대추는 오롱조롱 많이도 열려서 친구들에게 모두 와서 따가라고 했더니 모두 즐겁게 따가고 제일 위의 것만 남았다. 사람들의 심리는 남의 것을 더구나 울타리 안에 있는 것을 모두 따가고 싶었을까!

그래서 짠한 마음에 청도에 전화하여 청도 반시 2박스와 고디(대봉) 3박스를 사서 아이들에게 한 박스씩 주고 나머지는 냉동기에 넣어 저장해두니 마음이 든든하다. 우리 식구들은 감을 무척이나 좋아하기 때문에 항상 겨울에는 감을 준비한다.

해미 성지 이야기

속칭 "해뫼"라 일컬어지는 해미 고을은 역사적으로 조선 초기에 병마절도사의 치소를 둔 곳으로써 조선 중기에는 현으로 축소 개편된 진영에 1,400 ~ 1,500여 명의 군사를 거느리는 무관 영장이 현감을 겸하여 지역 통치를 하던 곳이다. 내포 일원의 해안 국토 수비를 명목으로 진영장은 국사범을 독자적으로 처형할 수 있는 권한을 가지고 있었다.

이렇다 할 국토 수비의 전공 기록을 남긴 바 없는 해미 진영은, 1790년대부터 1880년대에 이르는 약 100년간, 천주교 신자들을 국사범으로 대량 처형한 오명만을 남기고 있다. 이 기간 동안 한국 천주교회사에 있어서, 대박해의 때로 기록된 1801년 신유박해, 1839년 기해박해, 1846년 병오박해, 1866년 병인박해 등, 조정의 천주교 탄압을 공식화할 때 외에도 해미 진영은 지속적으로 내포 지방의 천주교 신자들을 잡아들여 죽였다. 병인 대박해 때에만도 조정에 보고된 해미 진영의 천주교 신자 처결의 숫자가 1천여 명으로 기록되고 있는데, 그 이전 80여 년간에 걸친 해미 진영의 지속적인 천주교 신자 처결의 숫자는 수천 명일 것으로 추정하지 않을 수 없다.

그리고 지속적으로 박해하는 동안에 해미 진영(지금의 해미 읍성)의 두 채의 큰 감옥에는 한티고개를 넘어 내포 지방에 끌려온 천주학 죄인들이 항상 가득하였다고 기록되어 있다. (김대건 신부의 증조부 김진후 비오도 바로 이곳에서 옥사하였다.) 이 감옥 터에는 당시 손발을 묶이고 머리채를 묶인 순교자들이 매달리어 고문대로 쓰이던 호야 나무 가지가 지금도 흔적을 지니고 서 있다. 그래서 감옥 터를 1950년대에 해미 공소 신자들이 식량을 절약하여 1,800여 평을 확보하고 공소 강당을 세웠는데, 1982년에 정부가 문

화재 관리 정책의 명목으로 공소 강당을 철거하고 그 터를 일부 보상, 일부 징말하고 순교 기념비만 새로 세워주었다.

그 후 오늘날 그 터의 교회적 성역화 사업이 불허되고 있다. 이렇게 내포에서 끌려와 감옥에 갇혀 있던 그 많은 순교 선열들을 군졸들은 매일같이 해미 진영 서문 밖에 끌어내어 교수, 참수, 몰매질, 석형, 백지 사형, 동사형 등으로 죽였다고 한다. 그러다가 더욱 잔인한 방법이 고안되기도 했다. 돌다리 위에서 죄수의 팔다리를 잡고 들어서 메어치는 자리개질이 고안되어 죽이기도 하였고 여러 명을 눕혀 놓고 돌기둥을 떨어뜨려 한꺼번에 죽이기도 하였는데, 혹시라도 꿈틀거리는 몸뚱이가 있으면 횃불로 눈알을 지져대기도 하였다 한다.

그리하여 해미 진영의 서문 밖은 항상 천주학 죄인들의 시체로 산을 이루고 그 피로 내를 이루었다는 기록을 남기고 있다. 지금은 해미 진영 서문 밖 바로 앞에 있는 칠십평 좁은 순교지에 자리개질해서 죽였던 돌다리가 보존되어 있는데, 1956년도에 서산 성당으로 이전 보존되었다가

1986년 9월에 원위치로 귀환되었고 바로 그 곁에 1989년에 세운 순교 현양비가 있다. 2009년 1월 8일에 자리개돌 원석은 여숫골 순교자 기념관 맞은편에 옮겨 보존되어 있고 그 터에는 모조품이 자리하고 있다.

특히 1866년 병인년으로부터 1868년 무진년에 이르는 대박해 때에는, 많은 숫자의 죄수들을 한꺼번에 죽이면서 시체 처리의 간편함을 위하여 생매장 형이 시행되었다. 해미 진영의 서녘 들판에 십수 명씩 데리고 나가서, 아무 데나 파기 좋은 곳을 찾아 큰 구덩이를 만들어 한마디 명령으로 산 사람들을 밀어 넣어 흙과 자갈을 끌어 묻어버렸다. 또한 생매장 형이 시행되면서 여름철 죄인의 수효가 적을 경우에는 사령들이 번거로움을 덜기 위한 방법으로 개울 한가운데에 있던 웅덩이에 죄인들을 꽁꽁 묶어 물속에 빠뜨려 죽이는 수장 방법이 사용하였다. 또한 해미 지역 외인들은 천주학 죄수들을 빠뜨려 죽인 둠벙이라 해서 죄인 둠벙이라 부르고 있었으나 현재는 이름조차도 변해 진둠벙이라 불리고 있다.

교회가 이곳을 순교지로 인식하기 전까지만 하더라도,

농부의 연장 끝에 걸려들어 버려지던 뼈들이 많았다 하는데 이때 캐어내던 뼈들은 수직으로 서 있는 채 발견되었다고 한다. 바로 그것은 죽은 몸이 아니라 살아있는 사람이 묻혔다는 증거이다. 해미 진영 서녘의 생매장 순교 벌판에서는 1935년도(일제강점기) 서산 본당의 범 베드로 신부 지도하에 순교자의 유해 발굴 때 유해 일부와 유품 성물이 발굴되어 30리 밖 상홍리 공소에 임시 안장되었다가, 1995년 9월 20일 유해 발굴터인 원위치로 안장되었고, 순교자의 유해는 별도로 보존 처리되어 보존되고 있다. (유해 참배실). 그리고 유해 발굴지 인근인 하천 위에 16m 높이의 철근 콘크리트 조형물인 해미 순교탑이 세워져 있다.

그런데 순교자 중 최근까지 불확실한 이름과 출신지를 남기신 순교자는 교회 측 기록 67명, 관측기록 65명과 무명 순교자로 기록된 47명으로 되어 있으나 그밖에 이름 모를 순교자는 이루 헤아릴 수 없다. 모두가 무명일 수밖에 없는 이유는 순교자 중 홍주(홍성) 및 공주 등 상급 고을로 이송된 순교자들은 이송 사실과 이름들이 기록으로 남겨진 것으로 보아 그 이송된 순교자들은 해미 진영장의 독자적 처결에 있어서 사후에 문책 거리가 됨직한 신분의 사람들이었으며, 해미 진영은 처형 후 문책의 배후 세력을 갖지 못한 서민층 신자들만을 심리나 기록 절차 없이 마구잡이로 죽였던 것으로 추정된다.

　이제 해미 성지는 1985년 4월에 해미 본당이 창설된 후 해미 순교 선열 현양회를 발족하였고 2000년 8월 기공식을 하였으며 2003년 6월 17일 기념 성전을 건립하여 순교자들의 유해를 모셔놓고 있다. 2014년 8월 16일에는 프란치스코 교황님에 의해 124위 중 해미 순교자 세 분 즉, 인언민 마르티노, 이보현 프란치스코, 김진후 비오가 시복되었고 그다음 날 17일에는 이곳 성지를 방문하시어 시복 기념비를 제막, 축복하시었고 곳곳을 순례하셨다. 이렇게 조성된 생매장 순교지 일대는 "예수 마리아!" 기도 소리를 "여수 머리"로 알아듣던 곳이 이제는 주민들의 입으로 "여숫골"이라는 이름의 땅이 되어 오늘의 순례자들을 맞이하고 있다.

-- 해미순교성지 홈페이지 인용 --

산 낙지가 격렬하게 온몸을 뒤틀다가 서서히 움직임이 둔해진다. 많이 데쳐지면 질겨진다는 것을 너무도 잘 아는 나는 집게와 가위를 재빠르게 움직여 먹물이 들어 있는 머리와 다리를 분리하고 보들보들 미끈한 다리를 먹기 좋게 자른다.

살짝 데쳐진 야채와 낙지를 간장에 와사비를 풀어낸 장에 찍어서 입에 넣으면 부드럽고 쫀득한 낙지와 사각사각한 야채의 식감이 박으로 우려낸 육수와 어우러져 바다향이 입안 가득 터진다.
총각김치와 열무김치 그리고 밥 위에 걸쳐 먹는 어리굴젓 맛 또한 일품이다.

양촌리 커피 한잔하고 해미읍성으로 향한다.
2014년 8월 프란치스코 교황이 방문한 전국 최대 순교성지인 해미읍성 조선 태종 18년부터 세종 3년까지 3년간에 걸쳐 쌓았고 성종 22년(1491)에 완전한 규모를 갖춘 현존하는 가장 잘 보존된 평성

선조 12년 이순신 장군이 군관으로 근무하기도 했으며

내포 지방의 천주교 박해 때 1,000여 명의 신도가 처형된 곳이기도 한 해미읍성

천주교도를 철사에 묶어 매달았다는 회화나무와 동헌과 옥사를 둘러보고 다듬이 방망이질하는 나이 든 아낙과 멍석을 짜는 할아비를 바라보며 역사의 수레바퀴를 되돌려 본다.

비 오는 어느 날

오늘 아침 선선해서 기분이 조금 상쾌하였다. 그렇지만 이틀 전 나의 대녀 그라라의 남편이 저세상으로 가 버렸기 때문에 마음이 찐함이 남아있다.

아침을 일찍 먹고 그라라의 부군 장례미사에 참석하기 위해 일찍 집을 나섰다. 성당에 도착하니 아무도 없다. 내가 제일 먼저 온 것이다. 한참 있으니 사람들이 오기 시작했다. 아홉 시가 되어 운구가 들어오고 미사가 시작되었다. 얌전하고 야무진 나의 대녀는 온 얼굴에 눈물범벅이 되어 있고 소리 내어 울지도 못하고 마지막 이별하는 남편 요셉의 떠나는 미사에 눈물만 흘리고 있는 모습이 가슴이 쓰리도록 아프다. 한참 젊은 나이에 혼자 되었으니 무척 안타깝다. 다행히 의젓한 아들이 어머니의 버팀목이 되었다.

장례미사를 끝내고 교인들이 모두 장지에 가기 위해 버스를 타는데, 나는 몸이 불편해서 장지까지는 못 간다고 말하고 목동 아들 집으로 가려고 운전대를 잡았다. 내부순환 도로 앞까지 오니 교통순경이 못 가게 한다. 이유는 정릉 터널 안에서 교통사고가 났단다. 차가 밀려 돌아갈 수도 없고 해서 앞으로 나가 국민대학교까지 가는 데 약 한 시간이나 걸렸다. 그때 뉴스에서 정릉 터널이 해결되어 통과할 수 있다고 한다.

하지만 앞에 막힌 차들이 나가야 나도 갈 수 있다. 겨우 빠져나와 목동까지 가는 데 두 시간이나 걸린 셈이다. 국민대 앞에서 내부 순환도로로 올라갈 수 있었다. 비 오는 날이라 뉴스에서는 여기저기 사고 소식만 연발 나오고 있다. 이런저런 생각 하다 보니 우회전할 곳을 지나쳐 버렸다. 목동은 일방통행이 잦아 한 바퀴 돌고 보니 지쳐서 기운이 쏙 빠지는 것 같다. 아들 집에 도착하니 아무도 없다. 한참을 누워 쉬고 있으니 아이들이 학원에서 돌아오고 며느리도 연수교육 끝내고 돌아와 저녁을 먹었다. 오늘 하루 일을 생각해보니 사람 사는 방향이 너무 허무하고 살벌하다. 백 살까지 사는 시대인데 대녀의 남편이 자꾸 눈에 밟힌다.

요양원에서 있었던 일들

지금부터 30년이 훨씬 넘는 이야기들이다. 내가 인천에서 가장 큰 요양원에서 봉사활동을 할 때 이야기이다. 요양원 4곳을 일주일에 한 번씩 돌고 나면 한 달이 지나가 버린다. 토요일 오전 근무를 끝내고 종로 5가에서 지하철을 타고 가면 약 2시 반부터 내 진료가 시작된다. 그때 내가 봉사활동 한 이야기를 좀 해볼까 한다.

내가 하는 일은 한방 침 봉사였다. 요양원에 가면 할머니 할아버지들이 내가 오기를 기다리고 있다. 그중에 특히 사관학교를 졸업하고 대한민국의 육군 장교로서 손색이 없는 한 분이 아직도 기억에 남는다. 늠름한 체격 아주 반듯한 예의와 품위를 갖춘 이 할아버지는 60대 초반인 듯했다. 안타깝게도 좌측 마비가 와서 많은 불편을 겪고 있다. 내가 가면 무척 반갑게 맞아 주신다. 이분은 월남전에 다녀온 지 3년쯤 되었을 때 중풍이 들어 걸음을 걸을 수 없었다 한다. 한달에 한 번 보는 셈인데 좀 자주 와 줄 수 없느냐고 말하면서 침을 맞고 나면 기분이 좋다고 한다. 자택에서 부인의 간호를 받으며 치료를 받아 보시는 게 어떠냐고 조심스럽게 말해보았다. 자기 때문에 집사람이 고생할 수는 없다면서, 아이들과 집사람을 미국에 보내고 재산은 집사람에게 모두 주고 아이들 공부시키고 자기는 연금 받아 이곳에서 생활하면 된다고 말했다. 아이들은 자기가 이렇게 된 줄도 모른다고 하였다. "온 식구들이 나 때문에 고생할 수 없다고 생각합니다."

　나는 그의 말을 듣는 순간 머리는 멍해지고 가슴은 찡하여 아무 말도 하지 못했다. 그럴 수가 있을까? 그래도 이 사람은 자기 자신을 책임질 줄 안다고 해야 할 지 나의 머리에서 오랫동안 기억에 남는다. 그 후 두 달쯤 지나 그의 부인이 미국에서 왔다. 같이 미국으로 가서 가족과 함께 살면서 치료를 받아보자고 울면서 부탁했는데, 나는 대한 민국에서 태어나 이 땅에서 죽기로 작정한 사람이니 당신 혼자 가서 아이들이나 잘 돌보아 달라하여 그 부인은 울면서 돌아갔다 한다. 나는 지금도 그분이 잊히지 않는다.

그 요양원은 인천 송도에서 좀 떨어진 외진 곳에 있는 집이다. 내가 막 출근하니 집안이 이상하게 술렁인다. 할아버지 한 분이 화가 나서 소리소리 지르며 야단이 났다. 이야기 즉은 그날 새벽 택시 운전기사가 그리로 지나가다가 발견하여 신고가 들어온 사람인데 커다란 자루 속에 들어 있었단다. 동물인 줄 알고 막대기로 찔러보니 "누구야 어떤 놈이야" 하면서 당장 자기를 꺼내 달라고 야단법석이 나서, 무서워 요양원에 들어와 신고를 했단다. 할아버지를 자루에 넣어 그곳에 버리고 간 것이란다. 할아버지는 흥분을 참지 못하고 내가 왜 이곳에 와야 하는데 나는 내 이름으로 된 집도 있고 자식도 있고 마누라도 있는데 내가 왜 하면서 난리를 치면서 난동을 부리는 바람에 우리는 차분히 앉아 있을 수가 없어서 가만히 들어보니 과거에 부산 어느 대학에 교수로 있다가 정년퇴직 후 성격이 까다로워 집에서 술로 세월을 보내게 되니 온 식구들이 진저리쳤단다. 치매기가 있어 식구들을 아주 많이 괴롭히니 여기까지 온 모양이다. 여러 요양원을 돌다 보니 별별 일이 다 있다.

　강남구 개나리 아파트 옆에 있는 재가노인복지센터가 있는데 그곳은 치매가 있는 분들을 낮에만 맡겨 두고 퇴근하면서 찾아가는 곳이다. 그렇기 때문에 근처가 직장인 사람들은 그곳에 부모님을 맡겨 두었다가 퇴근하면서 모시고 가고 한다. 그곳은 법원이 가깝기 때문에 법원 식구들이 많은 듯했다. 하루는 점심시간에 아들이 아버지를 면회하러 왔다. 이층에서 아버지가 내려오는 것을 보고 인사를 드리니 아버지는 아들을 보고 손을 뒷머리에 대면서 "누구시더라" 하면서 아주 정중하게 인사를 한다. 아들은 "아버지 저예요" 하니, 그제야 응하면서 인사를 받고 2층으로 올라가서 한참 있다 내려와서 "아버지 저 가요" 하니까, 그 아버지는 아들에게 "네 안녕히 가십시오" 하고 45도 각도로 절을 한다. 아들은 서너 발자국 앞으로 가서 눈을 감고 한숨을 쉬면서 눈시울을 적신다. 나는 이것을 보고 무척 가슴이 아팠다. 그 아버지도 법원에 근무한 유능한 법무사였단다. 이런 일들을 보니 인생이 너무 한심하게 느껴져 서글픈 생각이 든다.

스탠퍼드 대학 졸업식

내가 좀 다쳐서 며칠 조리를 하고 손녀의 졸업식에 참석 못 할까 봐 걱정을 많이 하였다. 그런데 막상 딸아이의 학교에서 시험 기간이 닥쳐온다고 시간 내기가 어려워서 임박해서 휴가를 5일 받아 9일 우리 집에서 출발하여 10일 열두시 비행기를 타기 위해 집을 나왔다. 먼저 내가 그 집(딸 집)에서 하루를 자고 딸은 수업 한 시간을 끝내고 들어왔다. 공항까지 가는 시간이 오래 걸려 조바심이 났다. 그래도 점심은 공항에서 해결하고 내가 아프다고 공항에서 휠체어로 이동한다고 언제 부탁을 했는지 타라고 해서 탔는데 좀 부끄러운 마음이 들었다. 타자마자 달리기 시작하는데 정신이 아찔했다. 면세점에서 사둔 물건 가지러 간다고 나를 이리저리 끌고 다니는데 기가 찬다. 내가 여기 기다릴 테니 갔다 오라 하고 기다렸다.

드디어 개찰구 앞에 오니 장애인은 우선 통과 되었다. 서울서 샌프란시스코까지 약 11시간 걸린다. 차를 렌트하여 호텔까지 두 시간을 달려 도착했다. 짐 풀 여가도 없이 손녀와 함께 아울렛으로 가서 필요한 물건들을 구입하고 돌아오다 식당에서 저녁을 먹고 왔다.

잠자리가 바뀌어 잠이 오지 않아 수면 유도제를 반 알 먹었다. 새벽 다섯 시 삼십 분에 일어나 세수를 하고 차를 타고 두 시간을 가니 웰컴 투 스탠퍼드라고 쓴 현수막이 나왔다. 먼저 기숙사 방을 구경하고 식장으로 가기로 하고 보니 기숙사에서 교실까지 한 시간 식장까지 한 시간 얼마나 먼 지 한참을 가서 장애인 자리에 차를 두고 내리니 또 휠체어가 기다리고 있다. 삼층 장애인 맨 앞자리에 앉으라 한다. 거기서 보니 완전히 다 보인다.

우리나라와 달리 축제 기분이다. 대학마다 특기 자랑을 하며 입장한다. 다음은 석사 박사 맨 앞 중앙에는 교수, 뒤에는 내빈들 이렇게 앉아있고 학부모들은 오십 미터 더 뒤에 앉아 구경 한다. 커다란 축구 경기장처럼 크다. 총장이 반 시간 이상 축사를 하고 많은 유명 인사들이 축사를 하는데 알아들을 수가 없는데 학생들은 한마디씩 할 때마다 함성을 지르며 손뼉을 치고 두 팔을 흔든다. 우리나라에서는 있을 수 없는 일이다. 완전 축제 분위기다. 과마다 개성 있게 변장을 하고 춤을 추면서 식장으로 입장한다. 우리나라에는 추워서 빨리 끝났으면 하는데 전기과에서는 전깃줄을 감고 우리 손녀 과에서는 자기 형제들 사진을 들고 나가고 사자탈을 쓰고 박스로 자동차 헝겊으로 번데기를 만들어 열다섯 정도의 학생들이 쓰고 나오고 인디언 추장과 여러 학생이 함께 춤추는 것도 볼 만 했다. 완전 축제 분위기 같았다. 끝나고 나서 대학마다 자리를 옮겨 학장이 학위 수여식을 한다. 다과와 음식을 장만하여 학부형에게 대접하는 것이 끝이다.

그때부터 딸은 바삐 움직이기 시작한다. 샌프란시스코에 명물인 '팰리스 오브 파인아츠', 금문교(소살리토와 샌프란시스코 연결 다리) 롬바드길 언덕은 가파른 언덕을 지그재그로 길을 내어 아주 무섭게 길을 올라가고 내려오는 길인데 그 옆에는 수국이 아주 예쁘게 피어있다. 우리나라 국토는 산이 많으니 그보다 더 아름답게 꾸밀 수도 있으리라 생각이 든다.

　다음에는 페인티드 레이디스, 피라미드 타워를 엄마에게 보여 주려고 애쓰는 딸의 모습에 마음 저리도록 고마웠고 그 명문대학에 내 손녀가 졸업하는 것이 대견스러웠다. 대학원은 같은 대학 통계학과에 합격하여 구월부터 새로운 공부가 시작되고 칠월부터 인도 미소 경제연구소에서 청탁이 들어와 약 2개월간 그곳에 있게 된단다. 옛날 같으면 여자아이가 꿈도 못 꿀 텐데, 좋은 세상 만나 그렇게 잘 펴나간다고 생각하니, 흐뭇한 마음을 가져본다.

지난 목요일 오후

어느 날 내가 마루에서 한참 그림을 그리고 있는데 전화 벨이 울려왔다. 얼른 뛰어가려니 힘이 든다. 전화기가 안 방에 있기 때문이다. 빨리 가서 받으니 다급한 아들 목소 리다. 어머니 애(아이)가 많이 아파요. 꽤 다급한 목소리였 다. 왜 어디가 어떻게 아프니? 하고 물으니, 열이 나요. 열 이 삼십구 점 오(39.5)도란다. 다급해 보였다. 빨리 병원 응 급실로 가라 하니 엄마 빨리 오세요. 하고 전화를 끊는다. 두 부부가 직장에 나가고 아이 혼자 있단다. 아이는 초등 학교 5학년이고 누나도 학교 가고 가사 도우미 아주머니 도 오늘 쉬는 날이란다.

나도 마음이 다급해져서 집에서 입은 그대로 운전해서 달려갔다. 우리 집에서 약 한 시간 걸리는 곳이다. 문을 열고 들어가니 집은 엉망이고 아이는 방에 누워 있는데 몸은 불덩어리다. 병원 응급실로 가자 하니 갔다 왔다고 한다. 약만 먹으면 된다고 해서 약을 먹였더니 조금 열이 떨어지는 것 같더니 또 오르기 시작한다. 내 마음이 다급해진다. 39도 8부가 되어 경련이 시작될 수도 있다. 할 수 없이 침을 한 번 맞아보자니 질색을 한다. 억지로 살살 달래어 사관을 놓고 몇몇 군데를 더 놓았더니 열이 사르르 내린다. 그때 애 어미가 왔다. 걱정도 하지 않는 표정이다. 나는 슬그머니 화가 나는 것을 참고 있었다. 며느리는 하는 말이 어머니 요즘 열 감기가 유행이래요. 하며 그놈의 핸드폰만 두들기고 있다. 핸드폰만 두들기는데 내 속이 부글부글 끓어오른다. 섭섭한 생각 말할 수 없이 교차를 한다. 한번 화를 낼까 하다가 소리 없는 한숨을 깊숙이 쉬고 기다리고 있었다.

저도 걱정이 되어 친구 의사에게 질문하는 중이었다. 소리를 지르려다 참기를 잘했다는 생각이 든다. 하루를 자고 다음 날 며느리는 학교(교사)에 가고 아들도 회사에 출근 후 나와 아이(손자)와 둘이 남았다. 계속 열은 내리지 않고 고공행진이다. 나도 아이도 아침은 먹는 둥 마는 둥 했다. 손자를 불러 배고프니 하고 물으니, 아니요. 하고 대답하지만, 아이도 나도 먹은 것이 별로 없다. 뭐 먹고 싶냐고 하니 괜찮아요. 하기에 할머니가 갈비탕 사줄까? 하니 의향이 좀 있는 것 같다. 먹고 속이 든든해야 병이 낫는다. 그래서 옷을 입혀 음식점에 가니 할머니 나 차돌박이 사주세요 한다. 응, 그럼 사주고 말고 하면서. 차돌박이 사줄게 하고 이 인분을 주문하여 혼자 다 먹이고 한두 점 남은 것은 밥과 된장으로 내가 먹었다.

집에 와서 생각하니 열이 여러 날 나니 겁이 난다. 두시(2시)에 도우미 아주머니가 왔길래 나하고 얘 데리고 목동 이대부속병원이 어디 있는지 길 안내 좀 하세요 하고 내가 운전을 하고 병원에 갔다. 수속을 끝내고 약 한 시간 기다리니 며느리가 왔다. 의사가 이리저리 청진기를 대고 진찰을 하더니 아무 이상이 없단다. 그렇지만 아이는 불덩어리다. 나는 걱정이 되어 모든 검사를 다 해달라고 부탁했다. 혹시 염증이 있나 하고 혈액 검사부터 시작해서 방광, 간,

신장, 폐, 검사까지 하고 나니 속이 후련하다. 내가 아이들 키울 때는 병원도 열심히 다녔건만 내 며느리는 병원을 잘 안 가는 것 같아 걱정이 된다. 그동안 아이들이 건강하게 잘 자라주어 고맙고 우리 며느리는 나한테 끔찍이 효도하는 것이 감사할 따름이었다. 집으로 돌아오면서 많은 생각을 했다. 요즘 며느리들은 영리하고 모두가 저 잘났다고 하니 나 혼자 조급해한 것 같아 기분이 별로였지만, 내 마음 나 혼자 달래며 마음을 고쳐먹고 위로하면서 아들 집으로 왔다.

　아이는 열이 내리고 방과 후 교육을 빠지면 안 된다고 학교에 가고 나는 우리 집으로 돌아왔다. 모든 것 다 접어두고 마음속으로 고마워 아가야 우리 식구 가족끼리 한데 뭉쳐 알콩달콩 잘 지내보자. 오늘 병원비는 내 카드로 하마 알았지 하고 집으로 왔다.

모랫구멍 하나 때문에

올해는 유난히 추운 겨울 영하의 날씨가 이어진다. 내가 고등학교 다닐 때 생각이 난다. 문고리 잡으면 손이 쩍쩍 달라붙던 때가 있었다. 방안 그릇의 물이 꽁꽁 얼고 걸레가 얼어 더운물에 녹여 청소하던 시절이 생각난다.

그런데 이게 웬일인가? 일 층 새댁이 올라와서 호들갑을 떤다. 안방에 물이 찬단다. 지난가을 중국에서 유학 중이던 총각이 중국 갔다 오면서 결혼하여 아들 쌍둥이를 데리고 귀국하여 우리 집에 세를 들었다. 시어머니 되는 분도 얌전하였다. 소식도 없이 아들 며느리를 맞이하게 되어 지금도 가슴이 벌렁거린단다. 남편도 없이 얼마나 당황했는지 기가 찼다고 한다. 예쁘게 단장한 신혼 방에 물이 찬다기에 놀라서 내려가 보니 대야에 물이 가득 담겨 있고 온 방바닥이 물 천지다. 기가 차서 나도 어쩔 줄 모르고 당황스러워 머리가 하얘짐을 느끼며 일주일 전 보일러도 새것으로 바꾸어 주었는데 이를 어쩌나 싶어 걱정이 앞선다. 보일러에 이상이 있나 하고 귀뚜라미 보일러 회사에 연락했더니 아무 이상이 없다고 한다. 건축 설비하는 분을 연락했더니 추워서 동파가 얼어 터진 집이 많아서 모두 올 수 없다 하니 기가 막힌다. 보수공사 하는 사람을 아무리 찾아도 모두 대답은 같았다. 지금은 얼어 터진 집들이 많아서 먼저 해줄 수 없다는 것이 답이다. 우리 집을 단골로 고쳐주는 분한테 부탁해도 대답은 마찬가지다.

속은 까맣게 타들어 가고 나는 감기몸살이 나서 드러눕게 되었다. 그럭저럭 열흘이 지나버렸다. 성당 형제님이 생각나서 다급히 부탁을 하였다. 또 일주일이 훌쩍 넘고 마음은 한없이 무겁고 괴롭다. 그런데 우리 성당 형제님의 소개로 몇 열흘이 지나서 한 사람을 데리고 왔다. 약 이십일 만에 그런데 아무리 찾아봐도 모르겠다니 기가 막힐 일이다. 그 집에서 보일러와 연결된 곳이 이상이 있는 것 같으니 벽을 한번 깨 보자고 한다. 그러기로 하고 벽을 깨뜨리니 내 마음이 쓰리다. 콘크리트 벽을 부수는데 내 마음이 왜 이렇게 아플까? 그렇지만 할 수 없는 일이다. 가격은 부르는 것이 값이라 달라는 대로 하기로 하였다.

나는 애가 타서 졸도까지 할 정도가 되었다. 물 새는 곳을 찾았다. 보일러에서 그 집 안방으로 들어오는 선에 모래알보다 작은 구멍이 나서 그곳에서 쫄쫄 새고 있었다. 반가웠다. 안심이 된다. 돈도 아깝지 않았다. 다 고치고 나서 사례를 하고 돌려보내고 나니 내가 병이 나서 한 달간이나 병원에 다니며 고생을 하고 MRI까지 찍으며 난리를 피웠다. 이번 이월 십삼일 아들과 함께 결과를 보러 병원에 가기로 했다. 모랫구멍 하나 때문에 그 고생을 하고 나니 세상살이 참 힘 드는구나 싶은 생각이 든다.

흥사단 시(詩) 시상식에 참석하다

    친구가 흥사단에서 시(詩) 시상식이 있어 흥사단이 어디 있는지 몰라 집에서 택시를 타고 가기로 했는데 택시 기사가 엉뚱한 곳에 내려주어 거금을 지불하고 한참 걸어 물어물어 찾아갔다.

    우리 문창 반 친구들이 많이 와 있다. 이 교수님의 기도와 함께 개회식이 시작되었다. 나는 이런 곳에 처음 참석하는 것이라 열심히 경청하였다. 이곳은 완전히 체계가 잡혀 멋진 회의를 하며 진행되는 모양새가 성숙함이 돋보였다. 이런 곳이라면 나도 가입하고 싶은 생각이 들기도 한다. 모인 분들은 지성미가 넘치며 많은 연륜이 쌓인 것이 좋게 보인다.

첫째 - 행사 진행표

둘째 - 전 회의록

셋째 - 사업 보고

넷째 - 재무 보고

다섯째 - 감사 보고

여섯째 - 신년도 사업계획

일곱째 - 예산안

여덟째 - 학술원 사업 및 재무 보고

회원 명단과 주소록이 적혀 있고 감사보고도 하였다. 기타 모든 것은 적지 못했지만, 아주 명확성이 좋았다.

약 세 시간 정도 진행 후 대학로 방송통신대학교 옆 음식점으로 저녁 식사를 하러 가는데 얼마나 추운지 얼굴이 시려 다 얼어 빠지는 것 같았다. 식사는 꼬리곰탕이다. 날씨가 너무 추운 탓인지 뜨거운 국물과 밥 한 그릇을 얼른 뚝딱 해치우니, 배가 불러 살 것 같았다. 같이 온 친구가 부축을 해주어 큰길까지 한참 걸어 나와 우리 문창반에서 제일 연세 많은 분을 모시고 택시를 타고 집으로 돌아왔다. 무척이나 추운 날이다. 따끈한 대추차 한잔을 대접하고 집으로 돌려보내고 나서 오늘 하루를 생각하니 참 좋은 경험을 쌓았다고 하는 생각을 하며 잠자리에 들었다.

윤석단 제2시집

운문의 사계

제8부

내가 겪은 6·25

내가 초등학교 3학년 막 올라가서
산수책 한 권 받고
6·25가 났다

일본 오사카를 다녀와서

　딸과 우연한 기회에 나는 세계여행을 많이 했지만, 막상 가까운 일본은 못 가보았네 하고 이야기 끝에 말했더니 그 후 방학을 맞이한 딸이 엄마 나하고 일본가요, 그래 별안간 웬 일본은 하고 말했더니 엄마가 한번 가보고 싶다고 했잖아요 한다. 나도 한번 가보고 싶다며 따라나서기로 했다.

　딸과 함께 우리는 김포공항 주차장에 차를 놓고 오사카로 향했다. 호텔에 짐을 풀고 관광회사 안내양 지시대로 따라나섰다. 오사카에서 가장 번화한 거리 도톤 보리는 서울 명동 거리쯤 되는 것 같다. 구리코 아저씨가 만세를 부르며 뛰어오는 것이 오사카의 상징이랍니다. 여행 온 여학생들이 여기를 배경으로 사진을 찍느라 야단이다. 오사카의 다른 상징은 오사카성의 천수각이라는 곳인데 우리나라 이순신 장군에게 참패한 도요토미 히데요시가 일천오백팔십삼 년 건축한 성이라 한다. 오백 년에 가까운 역사를 가진 건축물이라고 자랑을 한다. 우리나라는 아까운 남대문 하나 지키지 못한 것이 부끄럽게 느껴진다. 봄이면 아름다운 벚꽃과 함께 더욱 아름다움을 안내자는 열을 올려 설명한다. 엘리베이터를 타고 성 위에 올라가 오사카 전망을 구경할 수 있다고 말하며 오사카는 일본에서는 남쪽에 있는 온화하고 따뜻한 지역이다.

일본에는 전후에 걸친 시기에 지어진 주거에 관한 자료 모형들을 만들어 전시되어있는 주택 박물관도 있고 특히 우리나라 사람들에게 인기 있는 박물관은 일본의 옛 가옥들을 드나들며 직접 주거생활을 체험해 볼 수 있는 곳도 있었다. 오사카 역사박물관에는 옛 모습을 실물 크기로 만들어 놓은 전시실이 더욱 인상 깊었고 내가 어릴 때 본 기비당꼬 장사도 인상적이며 맛있게 먹던 생각이 난다. 게다신은 사람들을 보니 일제강점기 때 나도 외할머니께서 사다 주신 게다를 신어본 기억이 난다.

다양한 미니어처가 전시된 전시실도 많다. 일본은 원래 작은 정원문화가 발달하여 작은 인형도 나의 새끼손가락보다 작은 것이 많이 있는데 모두 귀엽고 생기가 있어 보인다.

신세카이라는 지역은 우리말로 신세계라 하는데 세계 2차 대전이 일어나기 전까지 최대 유흥가였단다. 그 중심에는 츠텐카쿠라고 하는 전망대가 있는데 에펠탑을 모델로 만든 일본 역사상 최초로 만든 엘리베이터가 설치된 곳인데 화재로 소실된 걸 오십 년 대에 다시 지어 그곳에 올라가서 밤 야경도 구경한다. 지금 생각하니 잠실 롯데도 그런 곳이 아닌가 싶다. 오사카에서 말썽 많은 신사를 구경하고 먹거리 골목에서 초밥과 우동을 사 먹고 온천도 하고 재미있게 구경 잘하고 이박삼일이 눈 깜짝하는 사이 지나갔다. 일본은 지진이 난 곳을 복구하지 않고 관광지로 만들어 구경시키고 있는 것이 신기하며 가는 곳마다 교통정리가 잘되어 차의 흐름이 상당히 빠른 속도로 질주하는 모습이 부러웠다.

이곳저곳 여러 군데를 구경하고 돌아오는 길에 커다란 바다 게가 그려져 있는 집에서 식사하고 공항으로 가서 비행기를 타니 두 시간도 안 걸려 서울에 도착했다. 부산보다 가까운 시간이다. 딸 덕택에 일본에 간 기억은 영원히 기억될 것이다.

지인에게 들은 얘기

나는 이 이야기를 듣고 내 마음속의 이상한 전율을 느끼며 어떤 각박한 일을 당했을 때는 주님의 계시가 반드시 그 사람을 인도하시는구나 하면서 주님께 감사하며 감히 이 글을 써봅니다.

양평 어느 고을 어느 집에 아들이 태어났는데 그 아들이 너무도 영특하여 부모님과 대소가의 귀여움을 받으며 잘 자라나 다섯 살 되던 해에 그만 홍역에 걸려 열이 위로 솟는 바람에 시각장애인이 되어버렸습니다. 그 집은 영특한 맏아들이 시각장애가 되어 초상집이 되어 부모님은 큰 걱정을 한 끝에 이 아들이 장차 이 세상을 어떻게 살아가야 하나를 걱정하던 끝에 만약 부모가 없을 때 이 세상을 어떻게 살아갈 수 있을까를 생각하여 부모님은 기술을 하나 가르쳐주기로 하여 그곳에서 멀리 떨어진 사주보는 대사님께 찾아가 부탁을 하여 그 집에 맡기기로 했는데 온 대소가(大小家)에서 반대를 하며 양반의 집에서 어찌 그런 일을 할 수 있겠는가, 안 된다 하여 부모는 아침저녁으로 통사정하여 허락을 받아 사주보는 대사에게 맡기기로 하였다.

열 살 때 어머니 치맛자락을 꼭 붙잡고 나를 아무리 그 집에 두고 온다 해도 내가 엄마 치맛자락을 놓지 않으면 된다고 생각하며 따라 갔는데 어른들이 손을 비틀어 엄마의 치마 자락을 놓아버렸다고 한다. 열 살짜리 꼬마손이 무슨 힘이 있겠는가. 그 후 들은 말은 만일 이 아이를 두고 가거든 오지도 말고 미련을 두고 하려면 아예 데리고 가란 약속을 하고 어머니는 밖에서 아이 울음소리가 그칠 때까지 울었다. 엄마가 밖으로 나간 후 이렇게 울고 요동을 칠 때면 엄마 따라 가거라하여 엄마 따라 가려고 하니 앞이 안 보여 이리 부딪히고 저리 부딪혀서 몸이 많이 상하여 단념을 하고 돌아와 공부를 했다. 그 후 엄마도 보고 싶고 그 집을 도망 나오니 앞이 안 보여 이리 가니 돌밭이요, 저리 가니 가시나무요. 개울에 빠져 할 수없이 포기하고 그 집으로 다시 돌아가 열심히 공부를 했다. 팔년이 지나 그 총각이 십팔 세 때 나의 사랑하는 엄마의 얼굴도 못 보고 내 어머니는 세상을 떠나버리셨다. 그 후도 나는 죽기 살기로 공부를 하여 이십 세가 넘었고 아버지는 재혼 하셔서 동생 셋을 두었다. 이제 너도 장가를 가야 할 텐데 네 자신이 그러니 어디 아주 못 살고 약간 모자라는 강원도 아가씨를 택해서 장가를 가게 되었다.

내가 가만히 생각하니 이래서는 안 되겠다는 생각이 들어 어느 날 돈 한 푼 없이 집을 나와 서울로 올 결심을 하고 버스 운전기사에게 통사정을 하여 나를 서울까지만 좀 대려다 달라고 부탁하여 서울에 왔다. 지금의 파고다 공원인 것 같다. 거기에 누가 자리를 펴놓고 사주를 보고 있다. 그 사람이 말하기를 당신 좀 아느냐고 물어 안다고 말했더니 그럼 이 자리 좀 지켜 달라고 하며 '지금부터 버는 돈은 당신이 가지시오' 한다. 너무 고마운 말이라 얼른 수락을 하고 두 사람을 보니 삼십 원씩 육십 원이 되어 끼니를 해결하여 근처 가게 아주머니와 단골이 되었다. 땡전 한 푼 없는 나에게 얼마나 큰돈인지 하느님께 감사하며 사람이 죽으란 법은 없구나 하고 다시 한번 감사의 기도를 드리고 그 돈으로 수제비 한 그릇을 사먹고 나니 세상에 부러운 것이 없는 것 같았다.

　나머지 돈으로 사주라는 팻말과 작명 신수라는 글자를 써 달라고 하여 바닥에 펴두고 본격적으로 시작했다. 나에게는 육십 원이 거대한 종잣돈이었다. 그동안 아는 사람이 생겨 내 처지를 보고 어디 어디로 가면 당신 같은 사람들이 합숙하는 곳이 있으니 그리 가 보세요 한다. 그 말을 듣고 가니 잠자리가 생겼다. 그리하여 그곳에서 열심히 그들의 말을 잘 들으며 생활하다가 상 장사하는 아주머니를 만나게 되어 그분에게 부탁하여 내 명함을 주고 손님을 소개해주면 반은 당신을 주겠다고 했더니, 그 아주머니도 그렇게 하겠노라고 대답하여 손님이 하나둘 모여들기 시작하여 어느 정도의 돈도 만지게 되었다. 그곳에 약 일 년간 있었는데 누가 나를 중신한다고 말한다. 나는 총각이라고 했기 때문이다. 사실 집 이야기는 까맣게 잊은 상태이다.

우리 부친은 어느 고을 면장으로 계셨기 때문에 그렇게 어려운 편은 아니다. 나는 지금까지 누구에게도 말한 적이 없다. 그 사람이 우리 집을 가보고 중신을 한다고 난리를 치는 바람에 집 주소를 가르쳐 주었다. 갔다 와서 내가 장가든 것이 발각되었다. 그동안 내처는 아직도 가지 않고 나를 기다리고 있었다. 그동안 무수한 고생을 하며 몇 번이나 친정으로 쫓겨 갔다가 친정에서는 너는 출가외인이니 죽어도 그 집 가서 죽으라고 쫓아버리며 너는 죽어도 그 집 귀신이 돼라 하여 다시 쫓겨 오기를 수도 없이 했다 하니, 나도 미안한 마음이 들었다. 그래서 그 사람은 죽기로 작정하고 식음을 전폐하여 사경(死境)을 헤매고 있을 때 윗동네 어느 집에서 일을 좀 거들어주고 있으라고 해서 그곳에서 살았다 하니, 미안한 마음이 들어 내가 그동안 모은 돈으로 조그만 쪽방을 마련하여 살림을 차렸다.

　아들과 딸 남매를 낳아 잘살고 있다 하니, 인연이란 아무도 못 말리고 끝까지 옆에 있을 사람은 남는다는 진리는 주님의 뜻인가 싶다. 아들딸에게 집도 한 채씩 장만해주고 여러 곳에 땅이 많아 그 부인이 관리하며 바보 같다던 부인도 똑똑해져 재산관리는 부인이 다 하고 있다니, 얼마나 좋은 일인지 이야기 듣는 사람도 기분이 좋아진다. 계모 시어머니에게 구박은 오죽 받았겠느냐고 말하면서 가슴 아파하는 마음이 아름답다. 앞 못 보는 시각장애인도 피어린 노력으로 잘사는데, 두 팔 두 다리 두 눈 번쩍 뜨고 사지 멀쩡한 사람들이 노력하지 않고 불로소득만 생각하는 사람들은 각성해야 한다고 생각한다.

손녀의 합격소식

내 손녀 동윤이가 미국으로 유학을 간다기에 은근히 걱정이 앞섰다. 딸아이를 먼 곳 으로 보내면 어쩌나 하는 생각이다. 모든 것이 내가 할일은 아니지만 걱정스러웠다.

그런데 무슨 돈으로 어떻게 할 작정이냐고 물어나 보자하고 조심스럽게 질문을 해보니 '어머니, 걱정 마세요. 국비 장학생으로 미국 스탠퍼드대학에 들어가요' 한다. 경사스러운 일이긴 하지만 나는 걱정이 된다. 할머니로서 축하금도 만만치 않겠다 하는 생각에 입을 다물었다.

그로부터 얼마 되지 않은 것 같은데 벌써 내년 유월에 졸업이라니 세월이 얼마나 빠른지 우리 나이 많은 사람들에 겐 기쁨보다 서글픔이다. 그런데 이번에는 같은 대학인 스탠퍼드대학원 통계학과에 합격하여 그곳도 장학금 받으면 서 다닌다니 이번에는 걱정보다 자랑스러운 생각이 든다 가정 형편이 좀 어려워도 우리나라에서 얼마든지 대학을 갈 수는 있지만, 저면 타국땅에서는 상상도 못 했는데 그 래도 한국 속담에 흰 떡에도 고물이 묻힌다는 말이 있다

누구를 닮아서 저렇게 공부를 잘할까 하는 생각에 잠을 설치기도 했다. 하루는 손녀를 조용히 불러 너는 졸업 후 진로를 어떻게 어디로 정할 것이냐고 물었다.

망설이고 있는 아이에게 너는 졸업 후 미국에 있지 말고 반드시 한국에 와서 우리나라를 위해서 일을 해야 한다. 머리 좋은 사람들이 외국에서 공부하여 그곳에 있으면 그 나라만 발전 시키는 것이니 그곳에서배운 지식을 모두 우 리나라 후배들에게 알리고 나라 발전을 위해 노력해야 한 다고 단단히 이야기하였다.

우리나라는 일제의 억압 속에서도 굳건히 나라를 지켜 이룩한 대한민국이다. 그러니 너도 열심히 공부하여 대한

민국의 이름을 세계에 떨치도록 노력 해주기 바란다. 지금 우리나라 대통령이 여자이듯이 대한민국의 국민으로써 세계 어느 나라에 가더라도 기(氣)를 살려 당당한 국민이 되도록 노력해 주기 바란다.

저녁상이 들어와 가족끼리 축하하며 저녁을 먹고 아들이 사들고 온 와인으로 자축하고 맛있는 과일을 먹으며 이것이 바로 행복이구나 생각하며 자식 둔 기쁨과 즐거움을 만끽해본다.

생일날

시월구일은 내 생일이다. 언제부터인가 한 번도 제날에 해 본 적이 없다 그것은 아이들이 직장 관계로 노는 날 즉 공휴일을 택해서 하기 때문이다 그래서 그런가보다 하고 따를 수밖에 없다.

그러나 올 해 부터 한글날 이 공휴일이 되어 제 날자에 생일을 찾아 먹게 되었다.

며느리는 교사로 직장생활을 하고 있기에 팔일 오후에 네 식구가 들어 닥쳤다 딸 식구는 다음날 오기로 했다고 한다. 그리고 보니 우리 식구도 만만찮은 숫자다. 큰딸 식구 네 사람, 작은딸도 네 사람, 서울 있는 동생들도 온다하니 인원수가 십팔 명이나 된다. 며느리에게 미안한 생각이 들어 나가서 먹자고 했더니, 일 년에 한 번인데 괜찮다고 하는 말이 너무 예뻐 속으로 흐뭇하고 고맙고 행복 함을 느꼈다. 이것이 자식을 둔 기쁨이구나 하면서 나 혼자 방에 들어와서 먼저 가신 분을 생각하니 미안한 마음 이 들며 어떻게 나를 두고 이렇게 예쁜 자식들을 두고 인연을 끊고 혼자 휠 가버렸는지 야속한 마음에 눈시울이 적셔 진다.

이번 생일이 지나면 내 나이 일흔일곱이나 되니 옛날 같으면 벌써 고인이 되었을 텐데 세월이 좋아 모든 노인들이 장수하며 여가를 즐기고 살고 있다.

며느리가 장을 대충 보아 왔기 때문에 내가 몇 가지 더 사서 보태어 음식을 만들기 시작하는데 내일 온다던 작은딸이 와서 합세하여 대충 음식 해서 저녁 먹고 내일 음식을 장만하니 푸짐한 한상 꺼리가 되었다.

서로 보살펴 주고 모자라는 부분을 채워주고 언제나 아름답게 사랑하면서 살아갔으면 얼마나 좋을까를 생각해 본다. 인생에 서는 지식보다 더 좋은 것 없다는 말이 실감 난다. 경륜이 삶을 더 윤택하게 한다는 말이 있듯이 따로

배우지 않아도 우린 터득해 가면서 살아가야 함을 느끼며 행복을 추구하고 배려와 희생이 필요하고, 만연의 웃음을 지으려면 마음이 순백해야 한다. 사랑을 받으려면 내가 먼저 사랑을 베풀어야 하듯이 마음을 비워버리면 가볍고 욕심을 버리면 질투에서 멀어져 세상에 머무는 동안 즐거움으로 행복의 종착점까지 가야지. 나 너를 만났기에 행복하다고 말해 가며 우리는 서로 지켜주며 배려하며 사랑하며 살자고 말해주어야겠다.

사랑하는 내 자녀들과 영원히 행복하게 살아가고 싶다.

이제 얼마 남지 않은 내 인생 내가 잘 꾸려가려면 내가 먼저 모범을 보여야겠다고 생각하며 어떻게 살아야 잘 사는 건지 걱정이 된다.

손자 손녀들의 재롱을 보며 하루가 어떻게 지났는지 벌써 헤어져야 하는 시간이 되어 바다의 썰물처럼 밀려왔다 밀려가고 나니 허전한 공허감이 있어도 즐겁고 행복한 하루 였다.

내일 모두 직장에 가야함으로 타고 온 자기 차에 승차하여 떠나고 나니 나 홀로 기분이 좋아 입가에 미소가 저절로 지어진다. 사람이나 동물이나 제 식구를 사랑하는 마음은 모두 같다.

석탄박물관을 다녀와서

2015년 9월 23일 청계문학회에서 문경 청운각, 새재가든, 석탄박물관, 명주박물관, 김종상 시비공원, 상주곶감공원, 감락원을 구경하기로 하고 우리는 8시 30분에 관광버스를 타기 위해 지하철 중곡역 1번 출구 앞에 모이기로 했다.

나는 서옥란 친구와 함께 한 시간 일찍 도착하여, 48명이 관광버스를 타고 미끄러지듯 시내를 벗어나서 시원하게 달렸다. 주최 측에서는 김밥 한 개와 콩떡, 물 한 병씩을 나누어 주어 아침 식사를 대신했다. 나는 차멀미를 잘하는

편이라 미리 멀미약을 준비하여 먹었다.

버스는 곧 고속도로를 시원하게 달리고 차창 밖 들판은 제법 누르스름하게 물들어 가고 있었다. 약 두 시간 정도를 달려 문경 청운각을 거쳐 새재가든에 도착했다. 여기는 옛날 박정희 대통령이 대구사범학교를 졸업한 뒤 첫 부임지인데, 이 집에서 하숙을 하였다고 한다. 그분이 쓰시던 책과 유품들이 아주 조촐하게 전시되어 있었다. 못살던 우리 국민을 가난에서 벗어나게 하신 분께 고요히 영정 앞에 머리 숙여 묵념하고 여러 곳을 둘러보니 마당 한쪽에는 오동나무 씨가 바람에 날아와 자란 나무를 보니 그분의 넋이 그곳에 머무는 것같이 느껴졌다.

다음은 갱 입구에 '가족을 위해 근면하고 나라를 위해 증산하자'는 슬로건이 쓰여 있었다. 석탄박물관 은성탄광을 구경하러 갱 속으로 한없이 뱅뱅 돌아 들어갔다. 레일이 깔려있고 그곳에서 모노레일을 타고 약 십오 분 정도 타고 갔다. 그곳에는 열악한 환경 속에서 일하시는 광부들의 모습이 눈에 선하여 돈이란 위력에 슬그머니 분노가 느껴진다. 가족을 먹여 살리기 위해 불 보고 달려드는 불나방처럼 생사를 무릅쓰고 그곳을 찾지 않으면 안 되었던 그들이 눈에 들어와 마음이 무거워진다. 더구나 갱 속에서 불이 나서 사십오 명이란 사람들이 변을 당하고 그 열악한 갱 속에서 얼마나 힘들었을까!

갱내에서 열두 시간씩 석탄 가루를 뒤집어쓰며 일하는 그들의 모습은 흑인보다 더 검은색이었을 것이다. 사람인지 알아볼 수 없을 정도로 검은 석탄 가루를 뒤집어쓰고 목숨을 걸고 일을 했다한다. 석탄 가루로 진폐증 환자가 속출하여 지금도 병원에 입원 중인 환자가 있단다. 지금은 탄광이 모두 문을 닫고 한 곳만 문을 열어 외부인들이 관광할 수 있도록 한단다. 그분들의 숙소 옆에는 그래도 선술집도 있고 목욕탕도 있고 매점 아들과 재미있게 오락하고 있는 가정 형태도 모형으로 만들어두고 약간의 휴게실도 있다. 그분들의 덕택에 우리는 따뜻한 겨울을 날 수 있었고 경제발전에 큰 도움이 되었다.

생산의 전량을 일본에서 가져가고 해방 후 우리나라 경제 부흥에 절대적인 역할을 한 그분들에게 감사한 마음을 가진다. 연탄과 연탄집게를 보니 잠자다 일어나서 연탄 갈아 넣는 것도 귀찮아 투덜대던 것이 새삼 부끄럽게 생각된다. 이 체험을 겪고 따뜻한 실내에서 편하게 잘 지내면서 게으름 피우며 호강스럽게 지내온 나 자신이 부끄러운 생각이 든다. 다음은 김종상 시인의 시비 앞에 갔을 때 그분의 업적 또한 대단했다. 그분이 근무하던 초등학교 길목에 시비를 세워 후배들의 본보기가 되었음을 볼 수 있었다. 그분이 지으신 아버지와 어머니는 우리 한국의 아버지 어머니의 모습을 그대로 그린 것이어서 너무 가슴에 와 닿는다. 순간 숙연함을 느낀다.

명주박물관에는 누에고치에서 실을 뽑아 곱디고운 옷감으로 양반님들의 옷을 지으며 수의로 최고 일품이다. 다음은 상주 곶감박물관 감락원을 둘러보고 감을 깎는 기계도 보고 감 말리는 모양도 만들어 놓고 우는 아이에겐 호랑이보다 더 무서운 곶감이 있다고 하니 호랑이가 무서워 도망간다는 우화도 만들어 놓은 걸 보니 아이들 기를 때 생각도 난다. 곶감 박물관에는 감나무 떫은감 홍시 감잎 감 씨의 쓰임도 모두 설명해 두고 많은 연구를 하는 것처럼 보였다. 특히 상주 시의원님이 나오셔서 열심히 곶감에 대한 선전을 하며 감노래까지 불러준다. 나는 속으로 내 고향 청도감이 더 맛이 있는데 하고 생각하였다. 실제로 상주에서 청도에 와서 감을 많이 사 간다. 내가 시의원에게 말했더니 그렇다고 하면서 상주에서 특허권을 먼저 따서 그렇다고 한다.

　문경 이곳은 청계문학 회장님의 고향이라 해서 추천받아왔다. 짜인 시간대로 움직여 많은 곳을 구경하고 저녁은 곶감공원 단상에서 하얀 쌀밥에 육개장과 고추조림, 배추 겉저리, 어린 배추 나물로 맛있게 먹고 계획대로 움직여 서울에 9시 10분에 도착했다. 하루 동안에 여러 가지 구경을 하고 돌아왔다. 고단하지만 참으로 즐겁고 좋은 날 다양한 지식을 얻었다고 생각한다. 하루 동안 여러 곳을 다녀왔지만, 모든 것이 어려움 없이 이루어지는 것이 없다는 것을 다시 한번 느낀다.

참새

우리 집은 아파트가 아니기 때문에 마루 창문 앞에 화분을 얹어 놓을 수 있는 받침대를 만들어두었다. 우리 집 옆에는 커다란 고등학교가 있는데, 그 담을 따라 큰 나무들이 즐비하게 심겨 있어 언제나 아침이 되면 신선한 공기가 들어오고, 태풍이 불 때는 바람막이도 되어주며 눈이 올 때는 나뭇가지마다 흰 눈이 덮여 장관을 이룬다.

가을 낙엽으로 인한 그 운치 또한 멋진 시상과 감정이 나를 걷잡을 수 없이 내 마음을 흔들어 놓는다. 그렇다고 내가 시를 잘 쓰는 것도 아닌데, 우리 문창 반에는 시를 잘 쓰는 작가가 많아 부끄러운 생각이 든다.

　요즘은 아침저녁으로 찾아와 내 마음을 사로잡고, 나는 그들에 홀려 내 손은 절로 쌀독으로 간다. 지난봄 상추 모종을 사서 심어 두었는데 더운 여름 아이들 따라 양양 리조트에서 며칠 보내고 왔더니, 상추는 말라비틀어져서 죽어버리고 못쓰게 되어 있다. 안타깝지만 다 뽑아버리고 무엇을 심을까 하고 생각하는데 내 눈앞에 불쑥 들어오는 것이 있다. 바로 참새였다. 그래서 나는 쌀을 한 줌 상추 화분에 뿌려 보았다. 그랬더니 어디서 몰려왔는지 십 수 마리가 순식간에 그걸 다 먹어버리지 않겠는가. 글쎄! 한 줌 더 주어 보니 그것도 금방 없어졌다. 그렇게 주다 보니 한 바가지가 며칠 못 가고 감당할 수가 없어 이제 아침저녁에만 주기로 했는데 그 과정을 지켜보기로 하고 쌀을 뿌린 후 좀 있으니 한 마리가 와서 망을 보고 그다음에는 두세 마리가 와서 아주 시끄럽게 짹짹거리면서 먹지도 않고 한참을 짹짹거리니까 어디서 왔는지 수십 마리가 날아온다. 멍하니 숨어서 지켜보니 친구들을 모두 불러 모아 함께 먹는 것이 내가 보기에 사람보다 낫구나 하는 생각이 든다.

우리 인간은 혼자 먹으려 부정 축재를 하고 나라를 망칠 작정도 하는데 저 새는 사람보다 의리가 있구나! 머리가 잘 돌아가지 않는 사람에게 새 머리같이 그렇게 안 돌아간다고 흉도 보는데 우리 사람보다 훨씬 의리가 있구나 하고 생각하니 참새에게 더욱 정이 간다. 세상에 못 믿을게 사람인데 내 주먹보다 작은 참새들은 서로를 의지하며 떼 지어 창공을 난다. '다가올 겨울은 내가 먹여줄게' 하면서 흐뭇한 마음을 가져본다.

내가 겪은 6·25

    내가 초등학교 3학년 막 올라가서 산수책 한 권 받고 6·25가 났다. 내가 그때 몇 반인지 몰라도 그 반의 반장이었다. 24일 토요일 선생님이 친구들에게 연락하라고 나에게 교재를 주시면서 월요일 꼭 가져오도록 하라고 하셨다.

    나는 그것을 연락하러 나가려 하는데 우리 아버지께서 꼼짝도 하지 말고 집에 있으라고 하셨다. 그런데 동네 사람들이 모두 웅성거리며 돈암초등학교 뒷산에서 내려온 사람들이 말하기를 이북에서 인민군들이 쳐들어와서 의정부 부근에서 불이 번쩍번쩍 보인다고 하였다. 철없는 나는 그것이 무척 보고 싶었으나 아버지가 무서워 집으로 돌아왔지만, 피난이란 말이 더 재미있었고 나는 약간 들떠 있었다.

부랴부랴 짐을 챙겨 보따리를 싸고 어머니는 시골 주소를 적어주시며 잃어버리지 말고 잘 간직하라고 하셨다. 만약 식구들과 헤어지면 시골, 이 주소로 찾아오너라 하시면서 단단히 일러 주셨다. 우리가 신설동까지 갔을 때 한강 다리가 끊어졌으니 가지 말라고 난리다. 우리는 그곳에서 자고 새벽에 나오니 대포알이 내 키보다 더 크고 박격포탄도 보았다. 내가 담 옆에 서 있는데 어디서 날아왔는지 총알이 날아와서 내가 서 있는 양철에 구멍을 뚫었다. 어머니가 놀라 집으로 가자셔서 우리는 모두 집으로 돌아왔다.

집에서 3~4일쯤 있으니 대구와 부산만 빼고 모두 점령됐다고 난리들이다. 우리 식구는 그때부터 고생이 시작되었다. 내 언니는 6학년이고 나는 3학년 내 동생은 1학년이다. 4번 타자 우리 남동생은 다섯 살 그 아래 여동생은 2살이었다. 그런데 모두 씩씩하게 잘 버텨 나가는데 포탄이 떨어진다고 방공호 지하실만 들어가면 내 남동생은 경기를 한다. 우리는 그때 딸 4명에 아들 하나인 금쪽같은 아들이 자꾸 경기를 하니 어머니는 죽어도 좋으니 아이와 밖에 있겠다고 하셨다. 총알이 날아들까 봐 솜이불을 뒤집어쓰고 있어야 했다. 우리 집에는 아제들과 공장에서 일하시는 분들이 있어 항상 객식구가 많았다. 그러다 보니 쌀이 떨어져 어머니는 시집올 때 해 오신 유똥, 비로도, 모본단, 양단 등을 한 보따리 가지고 가셔서 쌀 두 되 반과 노란 콩 반 되를 바꿔 오셨다. 그것으로 콩죽을 끓였는데 어찌나 맛있던지 지금도 잊을 수가 없다.

아버지께서 당시 사업을 하셨으므로 용산에 큰 공장이 있었다. 우리나라에서 처음으로 제철공장과 홈스펀이라는 오버 기지를 생산하고 양초, 소다, 타월 공장도 그 옆에 있었다. 생각하면 굉장히 큰 사업인 것 같다. 그러니 그들이 내 아버지를 가만 둘리 없었다. 우리 대한민국 씨.아이.디에서도 당신이 그 속에서 어떻게 살아남았느냐고 해서 무척 고생하셨다. 하루는 2~3시경 되어 대문을 요란스럽게 두드려 열었더니 총 끝에 칼이 달린 총을 들고 들어와 서재를 뒤지고 온 집안을 쑥대밭으로 만들고 아버지가 일본에서 대학 다닐 때 찍은 사진과 앨범과 책들을 우리 마당에서 모두 태워 버렸다. 그리고 아버지를 잡아갔다.

우리는 울면서 난리가 나고 어머니는 말리다 땅바닥에 내동댕이쳐지고 기가 막히는 상황이었다. 대문 밖에는 여러 사람이 줄에 묶여 있었다. 그때 저 위쪽에서 잡혀 오던 사람이 도망가는 바람에 부인들이 부엌칼로 줄을 끊어 사람들이 흩어져 도망쳤다. 다음 날부터는 밤은 물론이고 수시로 와서 뒤지고 총 끝에 붙은 칼로 천장을 마구 쑤신다. 그렇게 무서운 날들이 지나가고 있는데 우리 어린이들을 소집하여 길 건너 제재소 공장에 모아 교육을 시킨다. 이북 노래와 군가 등을 가르치면서 교육을 시켰다.

　동네 아저씨들은 성북천 하수도 구멍에 숨어서 지내고 우리 동네 17세 정도 된 총각 한 사람이 총에 인민기를 달고 집집이 다니면서 숨어있는 사람들을 모두 잡아낸다. 그리고 여자들에게도 부역을 나오게 하였다. 어디서 무엇을 하는지는 몰랐다. 어느 날 저녁 무렵 아버지 식사를 가져다드리러 가는데 비행기가 내 머리 위로 지나간다. 반가워 손을 흔들었더니 나를 향해 총을 마구 쏘아댄다. 나는 놀라서 벽 밑으로 엎드렸다. 나는 두 번째 죽음을 면했다. 나는 그래도 친구들과 사이좋게 잘 지냈다. 먹을 것이 없어 메뚜기와 잠자리를 잡아 친구들과 나누어 구워 먹었다.

어느 날 동네 할아버지 한 분이 인천에 미군과 국군이 상륙했다고 귀뜀해 주신다. 나는 그 말이 무슨 말인지 몰라서 어머니께 살짝 말했다. 어머니는 아무 말도 하지 말고 말조심하라고 하셨다. 인천상륙 작전 후 그들은 후퇴하면서 동네마다 기름을 뿌려 불을 지른다. 우리 동네는 오늘 저녁에 불이 날 거라고 말해 모두 걱정하고 있는데 그날 아침 8시경에 우리 국군과 미군이 들어왔다. 얼마나 반갑고 좋은지 서로 부둥켜안고 즐거워하였다. 하수도 구멍 속에 숨어있던 사람들도 모두 나왔다.

아버지는 나와 내 동생을 데리고 용산 우리 공장을 둘러보러 갔더니 아주 큰 연못만 하나 있고 공장은 보이지 않았다. 폭격을 맞아 이렇게 크게 파여졌다 하신다. 집에 왔다가 며칠 후 아버지는 나와 남동생을 데리고 미군 열차를 타고 대구에 왔다. 할머니는 버선발로 뛰어나오셔서 아들을 안고 눈물 반, 웃음 반이 되었다. 사지(死地)에서 돌아온 하나뿐인 아들이 얼마나 반가웠을까!

중공군이 인해전술로 쳐들어오는 바람에 우리 국군은 평양에서 원산까지 갔다가 후퇴하여 지금의 휴전선이 생겼다. 어머니와 나머지 동생들은 다시 피난 보따리를 챙겨 탄환 실은 기차 꼭대기에 타고 그 추운 눈보라 치는 겨울 국제시장보다 더 무서운 고생을 하고 대구에 3일 만에 도착하셨다. 얼마나 고생이 심했을까! 할머니는 우리 식구들이 모두 살아 돌아와서 이런 경사가 없다고 하시면서 그동안 장독대 위에 정화수를 떠 놓고 새벽에 일찍 일어나 기도를 드렸으니 천지신명의 돌보심이라고 무척 감사해하셨다.

　앞으로 절대로 이 나라 이 강산에 이런 가슴 아픈 일이 생기지 않도록 우리 모두 힘써야 하겠습니다. 남북이 모두 합심하여 통일을 이룩합시다.

강아지와 고양이와의 이별

   아주 까마득한 옛날 일이다. 우리 집에는 '메리'라는 예쁜 강아지 한 마리를 기르고 있었다. 그전에 기르던 '구소'라는 개는 아주 유명한 사냥개인데 너무 크고 무서워 나는 별로 좋아하지 않았다.

   그 개는 아버지가 어느 친구분한테서 선물로 받으셨다. 우리 집이 대구 금단동이었는데, 그곳은 모두 커다란 과수원을 하는 집들이다. 탱자나무 울타리에 아주 마당이 넓고 사랑채와 안채가 구분되어 커다란 개를 과수원에서 기르고, 그때만 해도 산에서 늑대가 내려와 아이들을 업어 간다는 때라서, 커다란 개가 필요한 때였단다. 그 개는 보기만 해도 무서웠고 얼룩덜룩 한 커다란 개였다.

아버지는 그 개를 만지지도 말라 하셨다. 지금 생각하니, 무척 사나워서 그런 것 같았다. 나는 무서워서 잘 만지지도 않았지만, 내가 5살 때 해방이 되어 대구로 이사를 와서 나는 대구 효성 유치원에 다니게 되었다. 그때 아버지께서 진돗개라고 조그만 강아지 한 마리를 가져오셨다. 나는 너무 예뻐서 매일 같이 놀곤 했다.

하루는 아버지께서 그 집을 다른 친척이 와서 살게 하시고 우리는 서울로 이사를 했다. 아버지 공장은 용산에 있었고, 그곳에서 직조 공장과 양초, 타올, 소다 공장을 운영하셨다.

나는 돈암초등학교에 입학해서 일 년쯤 지났을 때, 학생 수가 많다고 지금의 삼선동에 있는 삼선초등학교로 분가를 해서 다녔다. 그다음 다음 해 6·25 전쟁이 났다. 내가 3학년 올라가서 산수책 한 권을 받았을 때 일이다.

피난을 간다고 신설동에 오니 한강 다리가 끊어져 못 간다고 한다. 길에는 내 키보다 더 큰 대포알이 있고, 무척 무서워서 우리는 다시 집으로 돌아왔다. 그때 '메리'는 목줄에 묶여 있었다. 나를 보더니 반갑다고 길길이 뛴다. 내가 학교에 갔다 오면, 메리는 온종일 나와 같이 놀았다. 그런데 하루는 경찰이 와서 개를 없애라고 한다. 전쟁 때라서 대포 소리와 폭탄 소리에 미쳐서 사람을 해칠 수 있다는 것이다. 내가 학교 갔다 오면, 반갑다고 내 키만큼 뛰어오르고 하던 메리였다. 아버지는 전쟁으로 개를 없애라고 하시면서 성북 경찰서 뒤에 개장국 집이 있었는데 그 집에서 가져갔다.

  내가 막 울고 있으니, 개 종류가 좋은 거라서 빨리 죽이지는 않을 것이다. 하시면서, 나는 밤마다 밥만 먹고 나서 성북경찰서 뒤에 그 집을 쳐다보면, 우리 메리는 목줄이 묶인 채로 나를 보고 좋다고 길길이 뛰며 짖어댄다. 나는 길 건너 개천가에서 울고 우리 메리는 목줄이 묶인 채로 펄펄 뛰면서 울어댄 것 같다. 그 일이 있고 난 뒤 나는 개를 기르지 않는다. 지금도 그때 일을 생각하면, 나의 마음이 짠하다. 그 후 나는 1·4 후퇴 때 아버지와 남동생을 데리고 미군 열차를 타고 대구로 내려왔다. 다른 식구들은 기차 꼭대기에 타고 무척 고생을 했단다.

　대구에 도착해서 집에 들어가니 할머니가 버선발로 뛰어
나오셔서 "아이고, 아비야! 살아있었구나!" 하시면서 우시
는 모습을 보니, 어린 마음에도 푹 한숨이 나오며 안정감을
찾았다. 나는 할머니를 따라 내 고향 청도 운문면 공암동으
로 가서 다음 해 학교 개학 때까지 있었다. 할머니는 우리
를 위하여 찹쌀로 끓인 대추 죽과 콩죽 팥죽을 뒤 툇마루에
커다란 버지기로 세 개를 끓여 놓으시고 우리 아이들이 마
음껏 먹도록 하셨다. 우리가 재잘대며 먹는 모습이 그렇게
예쁠 수가 없었다고 하시면서 그때 시골에는 쥐가 많아서
고양이 한 마리를 얻어 오셨다.

　나는 강아지 말고 고양이와 친구가 되어 방학 동안 하루
하루를 재미있게 지냈는데 어느 날 아침 고양이가 보이지
않아 툇마루 문을 열어보니 죽어 있는 게 아닌가! 기겁을
하여 막 울고 있으니 옆집에서 어제저녁 쥐가 너무 많아 쥐
약을 놓았더니, 애고 어쩌나 한다. 나는 기가 막혀 한참을
울고 앞으로 개와 고양이를 기르지 않기로 맹세를 했다. 지
금도 변함이 없다.

제자가 보내준 천도복숭아

　카톡 하는 소리에 누구한테서 왔나 하는 마음으로 부엌에
있다가 얼른 와서 핸드폰을 열어 보았다. 오래되어 이름이
가물가물한 택배였다. 이 사람이 누구더라 하고 한참 생각
하니 이제야 생각이 났다. 내가 고구려 대학에 교수로 근무
할 때 제자였다.

　시골에 땅이 조금 있어 거기다 복숭아나무를 심어 얻은
첫 열매란다. 빨간 복숭아 한 상자, 너무 흐뭇하고 먹음직
한 첫 과일을 보내준 제자가 새삼스레 보고싶고 그리운 생
각이 든다. 자랑스럽다. 깨끗하게 씻어 한입 물어 본다. 새

콤달콤한 맛이 일품이다. 한 번에 두 개를 먹고 나니 너무 맛있고 옛날 생각이 든다.

내가 가르치던 과목이 가정생활 교육 과목이었다. 그 과목은 옛날 우리 고전 생활과 우리 가정의 연중(年中)행사 또 예의범절 같은 것을 하는 강의였다. 옛날 혼례 법, 삼강오륜, 가정사의 법칙 같은 것이다. 지금은 누가 그렇게 하겠느냐 하지만, 그때 학생들은 이런 과목이 아니면, 현대 우리는 아무것도 모른다면서 가정의례 준칙 같은 것을 열심히 공부했다. 혼례 예법, 관혼상제, 예절 같은 것은 꼭 알아두어야 한다며 열심히 배우고 있는 제자들이 대견하고 나도 열심히 강의하던 때가 엊그제 같은데 벌써 이렇게 늙어버린 세월이 무심하기만 하다.

나주대학은 고구려 대학으로 이름이 바뀌었다. 나주에서는 이름이 있는 사회복지학과 교수로 근무했다. 달콤한 복숭아를 먹으면서 옛날 내가 젊은 날을 회상하며 즐겁고 그리운 시간을 돌이켜 본다.

줄기세포

대학원 친구의 누나가 만나자고 전화가 왔다. 나는 좀 생소한 감이 들어 무엇 때문이냐고 물었더니, 줄기세포 학회에 관여하고 있는데 드릴 말씀이 있다고 했다. 말인 즉, 그분은 줄기세포 학회의 연구원인데 이 주사를 맞으면, 늙지도 않고 피부도 고와져 생기 있는 삶을 살 수 있다는 것이다. 전화를 끊고 한참을 생각했다.

내 나이가 이만큼 살았는데 그 주사를 맞아가며 생명을 유지한다던지, 더욱 예뻐지고 싶은 생각이 별로 나지 않는다. 지금도 꽤 많이 살아왔는데 옛날 같으면 벌써 불귀의 객이 되었을 텐데, 여기에 더 오래 산다는 것은 바라지도 않는다. 아이들이 벌써 중년이 넘어 모두 열심히 살고 있지만, 만에 하나 내가 너무 오래 살아서 자식을 앞세운다면 그것보다 더 고통스러운 것이 어디 있겠나 하는 생각에 거절하고 말았다.

허지만 줄기세포란 어떤 것인가 궁금한 생각이 들어 나도 약간의 전문지식이 필요한 것 같아 컴퓨터를 열었다. 줄기세포란 환자의 맞춤치료, 인공관절, 디스크, 오십견, 무지외반 원증 분야별 11인의 의료 협진, 백과사전에서는 줄기세포가 적절한 환경에서 몸을 구성하는 여러 기관이나 조직을 구성하는 세포로 분화한단다. 줄기세포는 분열 능력이 있으며 어떤 세포나 조직으로 발달할 수 있는 미분화 세포를 의미한다.

친절한 과학 사전 생명과학 편에는 간세포 생명을 구성하는 세포들의 세포분열 즉, 몸을 구성하는 모든 세포로 분화할 가능성을 가지고 있다고 한다. 줄기세포(stem cell)는 분열 능력이 있으며 어떤 세포나 조직이든 발달할 수 있는 미분화 세포를 의미한다. 줄기세포는 난치병이나 노화로

제 기능 못 하는 세포를 장기에 대처할 수 있는 세포로 재
생할 수 있어 많은 관심의 대상이 되어왔다. 줄기세포는 스
스로 계속 분열하는 능력을 갖추고 있는 배아로부터 얻는
성체 줄기세포(adult stem cell)로 나눈다.

　이상의 모든 것이 신을 능가하여 인간이 연구에 연구를
거듭하여 무서울 정도로 발전과 변화를 가져오는데 소름이
끼치는 것 같다. 인간은 본래에는 신이 만들어 주는 대로
살아가는 것이 제일 좋은 것 같다고 생각한다.

길거리 유리창에 비친 나의 형상

    친구들과 만나 점심 식사를 하고 신나게 떠들며 놀다가 서로 건강 이야기가 나왔다. 친구들은 모두 자기 아픈 곳을 이야기한다. 나 역시, 거기 빠질 수가 없었다. 모두 무릎, 발목, 어깨, 허리 등 한두 가지씩 끄집어내는 종합병원이다.

    나 역시 허리와 척추 엉덩이를 다쳐 아직도 걸음걸이가 올바르지 못하다. 그러니 가고 싶은 데를 못 가고 주로 누워서 보낸다. 작년에 강원도 어느 문학관에 가다가 버스 안에서 뒤로 넘어져 허리와 엉덩이를 다쳐 병원 신세를 졌다.

그런데 내가 나이가 많아서인지 빨리 낫지를 않고 벌써 일
년이 넘었는데도 여전히 통증이 있다. 물리치료와 재활 치
료를 받고 있다.

　나는 열심히 치료를 받고 있다. 복지관, 문예창작반, 서예
실에도 못 가고 문학 사무실에 갈 때마다 택시를 타야 한
다. 지난 오월에는 교통비가 약 사십만 원이 들었다. 오월
은 어버이날, 동창 모임, 스승의 날, 어린이 날 등 행사가
많은데 안 갈 수도 없이 꼭 가야 하겠기에 한 번 타면 이만
원 이상이 든다. 손자 손녀들이 오면 용돈은 더욱더 모자란
다. 어쩔 수 없이 이제는 노인이 되어 예쁜 손자 손녀들이
오면 할머니 주머니 끈을 풀어야 하고 대학생 고등학생 중
학생이 되니 단위가 무척 높아졌다. 아무리 아껴도 여전히
돈이 많이 들어간다. 늙어도 돈이 있어야 손자 손녀에게 인
기가 있다.

　모임을 끝내고 친구들과 헤어지는데 모두 지하철을 탄다
고 에스컬레이터를 타고 지하로 내려가고 나는 강원도 인
제 가다가 버스에서 넘어졌다. 나는 택시를 타야 하므로 자
리를 이동하는데 스타벅스, 헬로키티 점에 내 모습이 비치

는데 얼마나 많이 실망을 했는지 눈물이 났다. 흰옷을 입고 갔는데, 유리에 비치는 내 몰골은 너무도 초라하고 한심스러웠다. 구십 살이나 된 노파의 모습에 나 스스로도 놀랐다. 버스 정류장 의자에 앉아 루주를 꺼내 바르고 머리도 다시 쓰다듬고 하여 거울을 꺼내 나 혼자 거울을 보고 한 번 생긋 웃어 보았다.

할 수 없지. 내 나이가 몇 살인데 하며 자부심을 가지고 나도 옛날에는 너희처럼 젊고 발랄했다는 사실이 있었다고 스스로 위로하며 택시를 타고 집에 오니 오후 일곱 시가 되었다.

너무 피곤하여 저녁도 먹지 않고 누워 잤다.

돌봄이 차

　요즘 살기 좋은 우리나라 나이 많은 노인, 즉 거동이 불편한 노인이 볼일이 있을 때 돌봄이란 차를 만들어 그곳까지 데려다주고 돌아올 때는 차를 타야 하는 시스템을 만들었다.

　나도 몇 번 이용해 봤다. 비싸긴 해도 집까지 와서 데려가는 것이 편리해서 좋다. 우리나라 좋은 나라라고 생각하며 뿌듯한 마음으로 몇 번을 이용해 보니 좋았다. 예를 들어 여기서 서초동까지 즉 교대 앞 10번 출구까지 가면 택시 요금이 15,000원 정도 나오면, 거기에 플러스 5,000원을 더해서 카드를 끊으면 20,000원이 되는데, 우리 같은 나이도 많은 사람에게는 5,000원을 더 줘도 안심하고 이용할 수 있다.

　며칠 전 친구 모임으로 사당동 12번 출구까지 돌봄이 택시를 타고 갔는데 사전 예약할 때, 올 때도 좀 데려다줄 수 있느냐고 물으니 그렇게 하겠다고 해서 믿고 있었다. 그런데 볼일이 끝나고 3시까지 차를 보내 준다고 전전날 다짐을 했는데, 볼일을 보고 12번 버스 정류장 의자에 앉아 기다리니, 30분이 지났는데도 차는 오지 않아 섭씨 39도나 되는 서울 여름의 더위에 거의 1시간이 걸려 전화를 했더니 그런 적 없다고 딱 잡아뗀다.

　하도 어이가 없어 할 수 없이 너무 더워 그 옆에 있는 커피점으로 들어가 아이스크림 하나를 먹고, 거의 오후 5시가 되어 나와서 택시를 타고 집에 오니 기진맥진하여 힘이 무척 들었다. 반드시 데려다준다고 했는데 그런 적 없다고 하고, 다른 차라도 보내 달라고 하니 그렇게 할 수 없단다. 노인을 놀리는 것도 아니고 무척 섭섭했다. 집에 돌아오니 오후 7시가 되었다. 이제는 별로 매력이 없다.

윤석단 제2시집

운문의 사계

그리움으로 빚어낸 성찰의 메시지

− 윤석단 시집 『운문의 사계』

張 鉉 景

<시인 · 수필가, 문학평론가>

그리움으로 빚어낸 성찰의 메시지

– 윤석단 시집 『운문의 사계』

張 鉉 景

\<시인 · 수필가, 문학평론가\>

1. 글머리에

3월에는 3월의 꽃이 되고 싶다. 좋은 향기 나는 화사한 꽃으로 나에게 다가와 나를 보고 불어오는 바람에 멋진 미소로 안부도 전하고 향기 나는 여유를 담아 꽃을 심어볼 마음도 가져 본다. 꽃을 보는 사람마다 가슴에 행복이 담기는 꽃, 모두에게 아름다운 꽃이 되고 싶다는 윤석단 시인의 시 세계를 펼쳐본다.

청림 시인의 시집 『운문의 사계』를 읽어가다가 무언가 마음속에 참삶의 세계를 접해본다. 이 세상에 있는 그대로를 뛰어넘어 새로운 세계를 보는 창조의 눈으로 어려운 대목들이 시로 표현되고 있다는 점을 보게 된다. 시(詩)에는 그 시인의 인격과 사상, 사유(思惟)가 그대로 반영된다고 할 수 있다. 거울에는 자신의 모습이 비친 모습대로 반영되고, 또한 반영되지 않는 시인의 마음이 새로이 직조되어 있다는 사실도 보게 된다. 이토록 깨끗한 마음으로 시를 읽고 쓰는 순간, 가슴은 설레고 창작에 몰두하게 된다. 이는 '시는 곧 삶이다.'라는 위안의 즐거움을 느끼기 때문이다. 시인의 시에는 진솔한 인간적 체취가 물씬 배어 있다. 이처럼 진실한 메시지에 사랑의 감정이 가득하여 시가 읽을수록 마음을 따뜻하게 하고 있다. 이것이 곧 시의 힘이 아닐까!

　오늘날 사건이 많은 사회적 상황에서 문인들이 산수(傘壽) 성상(星霜)에 이르기까지 숱하게 어려운 고비를 넘겨왔음을 우리는 기억해야 할 것이다. 희수(喜壽)를 지나며 문학사에 남을 문학작품을 남기겠다는 결심으로 또 한 권의 책으로 상재(上梓)하게 된 시집에는 청림 수필가의 인생역정이 잘 펼쳐져 있다. 무기력한 삶을 살아가는 사람들에게 밝은 심리를 그려 인간관계에 대한 좋은 인식을 심화시키는 작품이라 하겠다. 시인의 시는 대부분 신선한 메시지로 체험적 진실을 밝히는 수단이 되고 있다. 청림 시인은 자신의 인생을 돌아보며 지난 삶의 흔적이 저녁노을처럼 아름답기를 기원하며 『운문(雲門)의 사계(四季)』를 시작하고 있다. 우리 인생에서 무엇과도 바꿀 수 없는 고향의 추억이 있어 이를 소중하게 간직하고 아름답게 노래하는 시인이 있어 고향이 더욱 그리워지는 것은 아닐까!

2. 자연에서 들려오는 관조(觀照)의 노래

봄바람 살랑
내 마음 흔들어 놓고
꽃향기 활활
짙은 향기로 감싸네

벌 나비 날아와
꽃과 함께 나를 유혹하고
봄노래 부르니

어찌 내 마음 흔들리지
않으리오.

        -- 「봄의 유혹」

이 시는 '꽃과 함께 나를 유혹하고/ 봄노래 부르니/ 어찌
내 마음 흔들리지/ 않으리오.'처럼 아름다운 시이다. 굳이
말이 필요 없으리라 생각된다. 인생길에서 외적 유혹은 하
루에도 여러 번 자아를 흔든다. 삶의 순간순간 사건의 실체
를 이해하여 그녀는 시인으로서만이 아니라 인간적으로도
퍽이나 다정다감한 인생길을 걸어가고 있다. 화자의 영롱
한 감성이 차원 높은 메시지로 메타포(metaphor) 되어 희
망으로 다가온다.

친구가 보내준 봉선화꽃
냉동기 속에서 나를 기다린다

여름 내내 키운 봉선화를 따서
비닐로 예쁘게 싸서
우편으로 보내왔네

어릴 때
어머니가 손톱에 감아주시던 생각에
눈시울이 뜨거워지는 것 같아
나도 한번 손끝에 감아본다

손님이 찾아와 미룬 것을
깜박 잊어버렸네
이를 어쩌나, 아까워라!

　　--「봉선화꽃」

　아련한 추억을 안겨주는 봉선화, 잡초나 마찬가지인 애상
어린 풀꽃으로 기억되는 삶에는 어머니와 할머니 두 분이
있다. '남자는 하늘, 여자는 땅'이었던 시절, 시냇가나 계곡
의 물을 거리낌 없이 마실 수 있는 산천을 요즘 젊은이들이
상상할 수 있을까?

　바쁜 농촌의 하루 일과가 그렇듯이, 그저 그렇게 살면서
도 좀 더 나은 삶을 기대했기에 딸의 작은 손톱에 봉선화
꽃물로 꿈을 새긴다. 그 간절한 바람은 딸의 가슴에 미래에

대해 밝은 전망을 망라하여 보여준다. 그래서 할머니 어머니의 손 모양새를 닮아가면서도 '시(詩)'라는 봉선화 꽃물로 내면의 삶을 아름답게 물들여 나가고 있다. 세월이 흘러 또 하나 놓칠 수 없는 것은 꽃물을 포장하여 우편으로 전달하고 냉장고에 오래 보관하여 그 명맥을 이어가고 있다는 것이다.

인생은 사람들의 말처럼
고달프고 어둡기만 한 것은 아닙니다
아침에 내린 비는
화창한 오후를 선물하기도 하지요

때로는 어두운 구름이 끼지만
모두 금방 지나가지요
시간이 약이라 금방 지나간답니다

소나기가 와서 정원에 장미꽃이 핀다면
소나기 내리는 것을 슬퍼할 이유가 없지 않나요
인생의 즐거운 순간은 그리 길지 않습니다
고마운 마음으로 그 시간을 즐기세요

가끔 죽음이 끼어들어
제일 좋은 이를 데려간다 한들
슬픔이 승리하여
희망을 짓누르는 것 같으면 또 어때요

희망은 금빛 날개를 가지고 온답니다
그 금빛 날개는 어느 순간에도
우리가 잘 버티도록 도와주지요

씩씩하게 그리고 두려움 없이
힘든 날들을 견뎌내세요
영광스럽게 그리고 늠름하게
용기는 절망을 이겨낸답니다.

           -- 「인생」

  청림 시인은 밝고 긍정적인 면을 찾아 걸어온 자신의 인
생을 뒤돌아보며 살아온 자신의 뒷모습이 희망의 금빛 날
개처럼 아름답게 빛나기를 기원하며 시를 시작하고 있다.

  인생은 흔히 고행의 길임을 이야기하며 어둡고 고달픈 시

간이 지나가면 뭔가 정해진 길이 아닌 즐거운 시간도 헤엄쳐 온다는 것을 보여주고 있다. '가끔 죽음이 끼어들어/ 제일 좋은 이를 데려간다 한들/ 슬픔이 승리하여' 희망을 짓누른다 해도 화자는 용기를 가지고 인내하며 절망을 이겨내는 삶을 살고자 한다.

    가을날
    비올롱의 긴 오열이
    내 마음 괴롭혀

    단조로운 고달픔에
    오늘도 이리저리
    굴러다니는 낙엽처럼

    나도 그렇게
    굴러가노라.

        -- 「가을날」

봄이 오면 시인의 집은 꽃으로 가득하다. 그 꽃들이 자라

바람과 햇빛으로 울타리를 넘어 온 산야를 나뭇잎으로 가득 채운다. 온갖 고난을 겪으며 들국화가 피기 시작하자 놀랍게도 시인의 눈에는 그 무성한 숲이 '굴러다니는 낙엽처럼' 그리움의 빛깔이라는 것을 깨닫는다.

이파리도 피기 전에 봄의 꽃들은 태생적으로 누군가를 맞이하도록 되어있다. 겨우내 우두커니 서 있는 나무가 추위에도 아랑곳없이 운명적으로 봄을 기다린다. 시린 몸으로 겨울을 맞는 낙엽처럼 고독과 그리움을 가슴에 안고 화자는 끝끝내 운명적으로 받아들이는 듯한 삶의 단편을 보인다. 결국 꿈을 포기하지 않고 사랑을 그리워하며 어딘가에 마르지 않는 사랑의 샘이 있음을 화자는 믿고 있으리.

노란 빛깔 속으로 쑤욱 빨려들어
그 길을 한없이 걸었지

그대와 둘이서
사랑하는 사람과 어깨를 나란히
이야기는 끝이 없었고
배고픈 줄도 모르고

포장마차에서 떡볶이와 순대 먹으며

어느덧 우리는
지나간 필름처럼 낡아 버리고
희미하게 졸고 있는 가로등처럼
노란 은행잎으로 퇴색 되었구나
세월의 무상함을 느낀다.

-- 「노란 가로수」

누구라고 밝히고 싶지 않은 기억의 저편에, 아니 밝히고
싶지 않은 것이 아니라 누군지 모르는 꽃과 같이 아름다운
사람으로 삶을 형상화하고 있다. 즉 그대와 함께라면 '어깨
를 나란히/ 이야기는 끝이 없었고/ 배고픈 줄도 모르고/ 포
장마차에서 떡볶이와 순대 먹으며' 지냈던 추억을 그리며
노란 은행잎이 무성한 거리를 걷는다.

곰곰이 생각해 보니 완벽에 가까운 이미지즘 시(詩)를 한
편 읽는 듯하다. 그래서 이 시에 비평은 하고 싶지 않다. 선
시(禪詩)가 아니더라도 세월이 흘러 은행잎이 노랗게 퇴색

될 무렵, 시인도 세월의 무상함을 느끼고 있다. 인생은 이런 것이다. 시로 이런 인생을 한번 그려내고 싶은 것이다.

길가에 포플러 가로수 줄지어 서 있는
그곳의 자갈길은 내 고향 가는 길
넓은 자갈길을 달리는 오가다 버스는
맑은 공기 가르며 오늘도 달리고 있을까

조용한 오후인데
지금도 그 길을 많은 사람 싣고
미끄러지듯 달리겠지
자갈길이 아닌 아스팔트길 위로

세월의 변화로 멋진 신사의 길이 되어 버렸네
내 어린 시절 꿈을 안고 타고 다니던 그 버스 그립다
나도 변하고 정든 고향 산천도 변해가지만
지금도 이 길은 고향의 향수를 듬뿍 품고 있다.

-- 「내 고향 자갈길」

윤석단 시인의 「내 고향 자갈길」에는 굽이굽이 온통 자갈길로 한 폭의 동양화를 펼치고 있다. 넓은 자갈길을 달리는 오가다 버스가 맑은 공기를 가르며 먼지를 푹푹 일으키는 영상으로 시인은 추억하고 있다.

'지금도 그 길을 많은 사람 싣고/ 미끄러지듯 달리겠지/ 자갈길이 아닌 아스팔트길 위로' 달리는 신형 버스를 보며, 어린 시절 꿈을 안고 타고 다니던 그 오가다 버스를 그리워하고 있다. 화자도 변하고 정든 고향 산천도 변해가지만, 그 추억은 우리 시인의 인생에서 무엇과도 바꿀 수 없는 보물이 아닐 수 없다. 청림 시인의 이런 시상(詩想)이 시를 읽는 이로 하여금 옛 고향으로 상상의 나래를 펴게 해 지난 추억 속으로 빠져들게 한다.

우리 조국 나라꽃
영원무궁하여라

가지마다 피고 지는 무궁화
조국의 무궁 발전
빛내주려고
환한 웃음으로 피어나네

가을 문턱 바람에
동남쪽 언덕에서
이어 피는 슬기

온 삼천리에 새겨진
내 나라꽃 얼과 정신
한라산에서 백두까지.

-- 「무궁화」

　무궁화는 겸손하고 은근하며 어느 곳에서나 잘 자란다. 오랜 옛날 훈화초(薰化草)로 불리기도 한 무궁화는 우리 민족과 어려움을 함께 겪은 민족정신이 담긴 꽃이다. 예전에는 무궁화 잎으로 허기진 배를 채우기도 하였으며, 장기와 피부의 각종 질환에 잘 듣는 약용식물이기도 하였다. 초여름부터 100일이 넘도록 계속 피니 군자의 이상과 지칠 줄 모르는 민족성을 나타내며, 아침에 일찍 개화하여 '조용한 아침의 나라'라고 명명되고 있다. 청림 시인은 '무궁화 사랑'을 '나라 사랑'으로 잘 살려 '무궁화'를 민족시로 어렴풋

이 생각하게 하는 마음 간절하다.

> 아침상을 물리고
> 조용히 홀로 앉아
> 커피 한 잔을 마신다
>
> 조용하고 한가로운 마음
> 아, 참 좋다
> 멋지다는 생각을 하며
> 작은 황홀감을 느껴 본다
>
> 창문 유리 넘어
> 파란 하늘이 웃고 있다
>
> 초여름 바람이 장난을 친다
> 내 얼굴을 스치며 장난을 한다
> 기분 좋은 나날이다.
>
> --「차 한 잔」

차 한 잔의 여유로 위의 시를 쉽게 이해할 수 있다. 차 한

잔이 주는 내면적 진리를 이만큼 시로 담아낼 수 있는 것도 쉽지가 않다. 바로 비움과 채워짐이 있기 때문이다. 차 한 잔을 통하여 삶에 대해 지혜로움을 부각해 욕심을 부리지 말자는 것이다. 화자는 조용히 홀로 앉아 한가로운 마음으로 커피 한 잔을 마시며 '멋지다는 생각을 하며/ 작은 황홀감을 느껴' 보기도 한다. 그리하여 파란 하늘과 웃으며 '초여름 바람이 장난을' 치는 '기분 좋은 나날'을 보낸다. 부드러우면서 객관적인 주제로 독자들의 묵시적 동의를 유도해 나가는 청림 시인의 시의 특성을 볼 수 있다.

> 봄이면 참꽃 꺾고 야시갱이 캐고 풀 베어 논에 넣고, 감꽃 엮어 목에 걸고, 버들가지 꺾어 불고, 때때 뽑아 씹어 보고, 새 솔도 씹어보고, 찔레도 꺾어 입에 물던 그때의 고향이 아니다. 여름이면 맑은 냇가 멱 감고, 사발모지 놓고 텅갈래, 빵구리, 꺽다구, 노시람쟁이 깔딱미기, 먹지, 기조지, 가새피리, 국조지 남들은 잘 알아듣지도 못하는 물고기를 천렵하여 갱분에서 솥 걸고 물고기국 먹던 그때의 고향이 아니다.

>   -- 중략

> 겨울이면 학교 난로 땔감으로 솔방울 줍고, 산에 가 나무하

고, 소깝 깔비 끌어 바지게에 짊어지던 그때의 고향이 아니다. 처마 밑에 손 넣어 참새 잡고, 나무에 철사 박아 썰매 잡아 얼음치고, 해머로 물속 방구 때려 피라미 잡아내어, 무 썰고 초를 쳐 회로 먹고, 정월 보름, 2월 영동 동제(洞祭) 때에 동구 밖 당나무에 걸어 놓은 연 종이 걷으려고 잠 안 자고 달려가던 그때의 고향이 아니다.

지금 그때의 고향이 아니어도 고향의 하늘은 푸르고 맑은 냇가가 있던 그곳 운문(雲門)은 언제나 내 가슴에 있다.

--「고향 운문면은 이제 고향이 아니다」 중에서

청림 시인은 오래전부터 시작(詩作)을 하면서 틈틈이 수필을 써 왔다. 그동안 쓴 수필을 압축하여 20여 편의 경수필을 여기에 상재한다. 화자는 누구나 공감할 수 있도록 유년 시절 고향의 빛나는 정경을 추억과 그리움으로 아름답고 생동감 있게 구사하고 있다. 그 그리움의 대상은 주로 초등학교 시절 고향과 지나간 것들에 대한 추억에서 비롯하고 있다. 누구에게나 고향의 그리운 추억이 있기에 그녀도 행복하다. 봄이면 버들가지 꺾어 불고, 때때 뽑아 씹어 보고, 새 솔도 먹어보고, 찔레도 꺾어 입에 물던 그때의 향수(鄕

愁)가 작가의 가슴 한복판에 아주 투명하게 심겨 있어 지금도 향긋한 추억이 머문다. 화자는 이것이 단지 단순한 추억의 추스름이나 위안으로 끝내지 않고 청림 수필가가 추구하고자 하는 문학적 지향점으로 성장해가는 중요한 계기를 만들어 가고 있다.

대구에 도착해서 집에 들어가니 할머니가 버선발로 뛰어나오셔서 "아이고, 아비야! 살아있었구나!" 하시면서 우시는 모습을 보니, 어린 마음에도 푹 한숨이 나오며 안정감을 찾았다. 나는 할머니를 따라 내 고향 청도 운문면 공암동으로 가서 다음 해 학교 개학 때까지 있었다. 할머니는 우리를 위하여 찹쌀로 끓인 대추 죽과 콩죽 팥죽을 뒤 툇마루에 커다란 버지기로 세 개를 끓여 놓으시고 우리 아이들이 마음껏 먹도록 하셨다. 우리가 재잘대며 먹는 모습이 그렇게 예쁠 수가 없었다고 하시면서 그때 시골에는 쥐가 많아서 고양이 한 마리를 얻어 오셨다.

나는 강아지 말고 고양이와 친구가 되어 방학 동안 하루하루를 재미있게 지냈는데 어느 날 아침 고양이가 보이지 않아 툇마루 문을 여니 죽어 있는 게 아닌가! 기겁을 하여 막 울고 있으니 옆집에서 어제저녁 쥐가 너무 많아 쥐약을 놓았더니 애

고 어쩌나 한다. 나는 기가 막혀 한참을 울고 앞으로 개와
고양이를 기르지 않기로 맹세를 했다. 지금도 변함이 없다.

-- 「강아지와 고양이와의 이별」 중에서

  개와 고양이는 인간의 삶에서, 없어서 안 될 소중한 동물
이다. 고양이와 달리 유난히 인간의 사랑을 받는 개는 가
족의 구성원으로 생활을 함께하고 있다. 그러다 보니 예전
과 달리 고양이도 인간과 많이 친숙해졌다. 그런 점에서 인
간과의 첫 만남을 상징하는 듯, 희로애락을 함께하기도 한
다. 인간과 같은 동물이라는 듯 웃지는 못해도 외로움을 타
기도 하고 반가워할 줄도 안다. 그들은 인간의 아픔을 공감
하며 참아내기도 하고 때로는 도움을 주기도 한다. 전쟁의
상흔이 깊을수록 역설적으로 인간에게 괴로움의 강도는 높
아져 간다. 서로 애증이 교차하고 기쁨보다 상처를 주기 쉽
다. 이런 일은 일상 어디에나 있는 일이지만, 개와 고양이
를 기르지 않기로 맹세까지 한 화자의 동물 사랑에 대한 인
간미가 엿보인다.

3. 맺음말

인생을 진지하게 바라보는 청림 시인의 작품들은, 외적으로는 사회적 인식을 내적으로는 감수성 넘치는 서정을 주로 쓰는 작가이며, 그 완성도가 꽤 높은 편이다. 시인의 시에서는 이미지의 탄탄함과 직관이 어우러진 부분이 많이 발견되어 스스로 시적 위상을 높여가고 있다. 이는 시인의 예술적 기질의 발현이라고도 할 수 있으며, 시를 더욱 대성하게 할 수 있는 기본이기도 하다. 언제나 고귀한 이미지의 윤석단 작가는 보편적으로 읽기 어려운 시어가 별로 없어 시적 신뢰를 획득하고 있다고 본다. 맹자가 말하되 '사람은 부끄러워하는 마음이 없음을 부끄러워할 줄 안다면 부끄러워할 일이 없느니라.'고 했다. 평생 다작(多作)을 하지 못하더라도, 청림 시인의 시작(詩作)에 아름다운 성취와 의미 있는 보람이 함께하기를 바란다. 한 편의 시를 창작하더라도 자신의 실력대로 창작하고 열심히 몰입하면 반드시 좋은 작품이 형성되는 것이다.

이번 윤석단 시인이 상재한 두 번째 시집 『운문의 사계』

를 통해 그녀의 삶이 시가 되고 그녀의 시가 삶이 되는 것을 보여준 명상(瞑想)의 궤적(軌跡)을 그려 보았다. 시인은 연만한 나이에도 현실 앞에 능동적 삶을 스스로 던지며, 전통적으로 내려오고 있는 선비의 기개와 시상을 담은 가슴으로 만학의 열정을 시로 수필로 승화시키면서 끊임없이 정진하는 청림 시인에게 박수를 보낸다. 그녀의 삶의 철학과 자신을 보듬고 있는 가족이 있어 오늘도 그녀의 글이 들려주는 따뜻한 목소리에 독자들은 크고 작은 위로를 받을 것이다.

운문의 사계

초판인쇄 2019년 9월 25일   초판발행 2019년 9월 30일

지은이   윤석단
펴낸이   장현경   펴낸곳   엘리트출판사
등록일   2013년 2월 22일 제2013-10호

서울특별시 광진구 긴고랑로15길 11 (중곡동)
전화 010-5338-7925
E-mail : wedgus@hanmail.net

정가 15,000원

ISBN 979-11-87573-19-7 03810